マティーニの向こうに

はじめに

中学高校時代は古典と呼ばれる本は一通り読んではいたが、あまり長く厚い本は集中力が続かず決して読書家と言えるほどではなかった。しかし、科学者寺田虎彦とか数学者岡潔、映画評論家の荻昌弘などの随筆を好んで読んでいた。特に、作曲家の団伊玖磨の「パイプのけむり」は様々な面白い話題に溢れ、大変心引かれたことを思い出す。団伊玖磨は葉山に居を構えていたこともあり、時々横須賀線逗子駅でその背の高い洒落た姿をお見かけし、あんなふうな生き方をしたいと憧れていた。

時がたち、早稲田大学を卒業し外資系広告代理店に就職、10年後に無謀にも独立起業し、資金繰りに明け暮れて連日連夜飲んだくれていた30代後半、ふと、絵を描きたいと思うようになり、突然我流で油絵をはじめたのである。

その後、仕事上で早稲田の大先輩の『たる出版』創立者高山恵太郎会長との出会いがあり、「月刊たる」に雑文を書く機会をいただいたのである。

俳句については、我が母校の名物国語教師境野勝悟先生に「月日は百代の過客にして、行きこふ年も又旅人也。・・・・」の『奥の細道』を強制的に暗唱させられた。いつかはやってみたいと、10年ほど前から本格的に始め、現在「萩会」に属し、異色な俳人中原道夫先生に指導を受けている。因みに俳号は、ひたすらの酒好きから「酔宵子」と称している。

「月刊たる」では、文、俳句そして絵を「春宵酔刻」として約10年に渡って連載し、この度、たる出版様より「マテイーニの向こうに」として出版の機会をいただいた次第です。

何卒宜しくご一読のほどお願い申し上げます。

柄長葉之輔

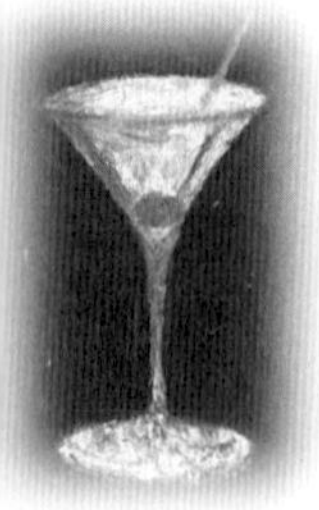

目次

Martini

酒と肴と洒落た店

幻のビヤホール

薫風皐月、いよいよビールが美味しくなる季節。ビールと言えば、昼下がりから飲んでいても、罪の意識を全く感じない老舗の『銀座7丁目ライオン』があるが、日本のビール文化に忘れてはならない足跡を残した幻のビヤホールが、大阪・新地の同和火災ビル地下にあった。

「タララッタ、タララッタ、タララッタラータラッタ、タララータラッタ…」とトランペットとアコーデオンの伴奏にあわせて、正面舞台では腕の長さほどもある陶器製ビアマグを両手に抱えて、名物5リッタージョッキの回し飲みである。満員の呑兵衛達がビールジョッキ片手に大声で歌って煽っているのだ。最後の回し飲みのお客がビアマグを飲み干すと、割れんばかりの歓声と乾杯の歌の始まりである。

アイン プロージット アイン プロージット デル ゲミュートリヒト カイト…アイン ツバイ ドライ ゾッファー…乾杯！ と、突然、舞台に常連客がジョッキ片手に登場し、「六甲おろーしーに颯爽と…。今夜の巨人戦は現在6回裏2対1で勝っています。掛布が一発かましてまーすー。…阪神タイガースフレーフレー」の大合唱。

そのうち楢の木で出来た頑丈なテーブルの上では、踊りを踊りだし、奥にある調理場付近からはフライパンを鳴らしながら、ムカデ踊りの始まりである。300席もあろうかという天井の高い広いホールの満席のお客さん達が、老若男女、前の人の肩に両手を置いて、乗りのいい音楽に合わせて広いフロアをムカデの行進である。たまに興が乗りすぎて、地下のホールから地上の梅田新道まで飛び出したこともあったのだ。

このような痛快なパフォーマンスは、著名な医者、新聞記者、府警察幹部、大学教授などビールをこよなく愛する常連たちが、自発的に結成したオクトーバーフェスト委員会が仕掛けた大阪らしい文化なのだ。これをそそのかし支えたのは、慶応ボーイで、ビルマ戦線から戦後ボロボロで復員し、進駐軍に占領されていたこのアサヒビヤホールの一従業員として採用された、伝説の九州男児、今は亡き高松卓さんなのだ。

後年、ミュンヘンの彼の有名なホフブロイハウスに行った際、満員の世界のお客を前に、フル楽団伴奏で朗々と「Ein Prosit Ein Prosit der Gemutlichitkeit …Ein Twei Drei…乾杯！カンパーイ！」と、恥じらいも無くやってしまったのである。

尖塔に響く乾杯ジョッキの音《ね》

馴染みの居酒屋

夕刻になると「今日は何処で一杯やるか」とそわそわしだすのであるが、自由が丘〔金田〕は四〇年も通っている馴染みの居酒屋である。東京の居酒屋ベストテンでは必ずベストスリーにノミネートされ、彼の呑兵衛作家・山口瞳、映画監督・伊丹十三や、パンチの利いたジャズ歌手・しばたはつみも常連で、いつも美味しそうに常温で『菊正宗』を飲んでいた。

〔金田〕は初代が戦後間もなく自由が丘駅前で屋台の居酒屋をはじめたのが始まりで、当時の自由が丘文士やインテリのたまり場であったようだ。その頃学生だった、元大学教授で画家でもある現役常連客の老紳士と度々隣合わせになり、当時の話を懐かしく話してくれる。老教授は八〇歳も過ぎてはいるが、シャツは三ツボタン目まで開け、「パンツは腰で穿かねば…」と颯爽とジーンズを腰骨でピシーと止めている。ぬる燗の『菊正宗』を、赤貝のひもとか青ぬた、このわたなどの料理一品とゆっくり飲んで、お銚子五本も呑むと二代目店主から「先生、もう駄目です」ときまって声がかかるのである。「アー、それじゃー黒ビールの小瓶…」と更に飲み続ける。

一日一升酒を飲んでいた呑兵衛の初代が亡くなった後は、明治学院大を出て、東急電鉄に勤めていた二代目が後を継いだのである。大学時代ワンゲルで鍛え、山を愛した二代目は、現在の「居酒屋金田」の品格を作り上げた。

しかし、昨年一〇月突然の心筋梗塞で亡くなってしまった。葬儀は等々力の満願寺で行われ、お通夜には日曜日にもかかわらず、四〇〇人以上の弔問客が訪れ、その多くが常連客であった。享年七四歳。二代目亡き後、〔京都吉兆〕で修業した「モックン」似のイケメン独身の次男が板場で頑張っていて、そして二代目がいつも立っていた帳場には、大柄で陽気な肝っ玉母さんが「ドーン」と構えていて、相変わらずの繁盛である。

さあ…今日も〔金田〕に行ってみるとしますか…。まず、ビールのアテに佐島のタコぶつそして、「やや…いいね。季節到来！初かつお…」

こっそりと西に向かって初かつお

銀座のおでん

「先ずは…はんぺんと大根。それにネギ多めで…」。〈銀座七丁目やす幸〉、まだ日も暮れない午後4時過ぎ、店を開けたばかりでお客はまばら。上席の正面鍋前は常連客に任せ、白木の長いカウンターの右隅に席を取る。磨かれた赤銅鍋の中は美味しそうな具が品よく煮えている。おでんには熱燗。『黒松白鹿』を艶やかな形の錫の薬缶から小皿に注いで程よい温度を確かめ、カウンター越しにグラスになみなみと注いでくれる。この所作とタイミングの良さは何と呑兵衛の気持ちをくすぐる事か…。

おでんは、鰹だしに濃口醤油や味醂で味付けし、しっかり煮込んで出汁《だし》を滲み込ませた濃い色の「関東炊き」が江戸寛永年間に出現したのがはじまり。暫くして上方にも伝わり、昆布だしにクジラ、牛すじなどの出汁に薄口醤油で味を調えた、洗練されたアレンジが「関西炊き」。

昭和8年創業の〔やす幸〕は関東でも関西でもない。新鮮な旬の素材を昆布だしに塩だけで味付けし、あっさりした中にもコクのある味が熱燗にぴったり。「今日は白子がありますよ…」澄んだ出汁の中に、限りなく白肌の極上な白子が、ふんわりと鎮座…おもむろにツルツルー…やぁーなんという食感…。仕上げは炊き立てご飯に澄んだおでん出汁をかけてあっさりと。さあー次は軽くあのママの店に…となるのである。

元来〔やす幸〕は銀座5丁目三笠会館の前にあり、白木の格子戸の粋な店構えであった。戦後の高度成長期からバブル期まで、銀座の老舗旦那衆や政界財界の大物たちが足繁く通った店で、軽井沢にも〔軽井沢やす幸〕を出店したほどである。しかし、バブル崩壊後のビルの地上げ再開発により、現在の7丁目へと移転したのである。

〔やす幸〕の路地裏にあった創業大正12年の関東炊きの老舗〔お多幸〕も同じ頃地上げで銀座8丁目に移転し、伝統を守っている。豆腐も大根も玉子もジャガイモもはんぺんも、よくぞここまで煮込んだもので、黒茶色に光り輝いている。最後の絞めのおでん茶飯はしっかりと呑兵衛のけじめをつけてくれる。

お多幸かいややす幸か熱燗に

バールのバンコ

「角打ち」は立ち飲みの別称であるが、関西では、満員の呑兵衛たちが、半身に構えてカウンターに斜めに立っていることから、ダークダックスとも言われているそうだ。

立ち飲みは、やはり、安くて早くて、そこそこの味があれば、日が暮れる頃に縄暖簾とか赤提灯が恋しい呑兵衛たちにとって、すこぶるけじめがいい。揚げ物とキャベツ、焼きトンにホッピーは定番であるが、最近ではたこ焼きにハイボールの立ち飲みが赤坂見附にも出現し、不況でも、立ち飲みプロジェクトは勢いがある。

最近のお気に入りは、イタリアのBAR「バール」の「バンコ」と呼ばれるカウンターでの立ち飲みである。バンコ（BANCO）とは、元来ポルトガル語で教会の腰掛やベンチの意味で、今でも九州の方言で、床机などのことをバンコと呼ぶそうだ。

そのバールのバンコでビールやワインなどを立ち飲みすると、着席で飲むより料金が格段に安くなる。このシステムは、本場イタリアでも同じだそうで、お酒に限らず、エスプレッソやカプチーノを飲んだり、ジェラートやドルチェを食べても半額に近いほど安くなる。ましてや、平日夕方五時から始まる、ハッピーアワーでは、なんと、ビール、ワイン、スプマンテなどが飲み放題なのである。

アテとなるつまみも、カルパッチョや生ハム、サラミなどのタパス（小皿前菜）が安くお手頃で、意地汚い呑兵衛にとっては、なんとも魅力的な値段設定となっている。刺身や焼き鳥などでの一杯もよいが、最近は体質が変わってきたのか、イタリアや地中海系の生ハムとかオリーブを使った料理を体が欲するのか、実にお酒が美味しく楽しめるのである。ちょっと小腹がすいてくれば、ペンネアラビアータとか、スパゲティ・ペペロンチーノを、しっかりとしたバンコサイズとして喜んで作ってくれるのだ。

夜毎夜毎、どこかでアルコールを入れて、一日のけじめを儀式とする呑兵衛達にとっての更に極め付きは、ポイントスタンプカードで、１００ポイント獲得ごとに特別プレゼントがもらえることである。

「じゃー、グラッパで締めて、帰るとするか…。マイボトルは…あそこの棚の奥のこ洒落た絵の…グラッチェ、グラッチェ…」。このマイ・グラッパは、ポイントカードでプレゼントされ、透明なプレインボトルにオリジナルの派手な絵を、勝手に自分で描いたものなのだ。

満月やグラッパひと飲みバール出る

赤坂の焼きトン

　秋も深まる夕刻ともなると、夏の明るさとはうって変わって、早くから一杯呑んでも罪の意識を感じない、程よい暗さになっている。赤坂には場所柄、政治家ご用命料亭や高級クラブやバーもあり、ちょっと垢抜けた町であるが、その赤坂のど真ん中、田町通りの交差点の一角。

「ハイ！　いらっしゃい…、今日、間違いなく、来《き》はると思ってました…」と、看板娘のみきちゃんが明るい声で迎えてくれるのが、立ち飲み焼きトン〔三六八《みろく》〕である。嘘でもこんな言葉をかけてくれると、疲れたおじさんたちは単純に喜んでしまうのであるが、先ず冷たいおしぼりを渡しながら、「いつもの黒ラベルですね。それと、自家製冷奴、ネギと鰹節多めですね…」とハスキーなテンポのいい答えで返ってくる。

みきちゃんは生粋の浪速っ子。父親は大阪駅構内で飲み屋をやっている一人娘で、詳しくは知らないが、大阪転勤の東京男に惚れて、追っかけて上京してきたらしい。商売人の町大阪の血か、父親譲りか、実に気が利くし、全ての動作に無駄がない。なでしこジャパンの沢選手のように、グランド一杯に駆け回り、カウンターからフロアへ、狭い調理場からカウンターへ実に変幻自在。

年季の入った藍染暖簾《のれん》をくぐると、薄暗い大正ロマン風のレトロ調の店内。そのど真ん中に焼き場を囲んで大きな木製のカウンター。荒削りのフローリングには立ち飲み用丸テーブルが置かれている。陽がとっぷり暮れる頃には、焼きトンとたばこの煙が白色電気の薄明かりにもうもうと漂い、サラリーマン風呑兵衛たちで一杯。赤坂と言う場所柄、お洒落な仕事帰りのOLや、近隣のホテル滞在の初老の外人カップルも串に刺さった焼きトン(ポーク・バーベキュー)を楽しんでいる。

「それじゃー、塩タンとタレシロをお願い…。えーと、それと自家製スモークベーコン」中央の焼き場にいる店長が、備長炭を足しながら、「ハイ、塩タンは肉厚薄めで、タレシロはカリカリ焼きですね…」みきちゃんとともにここにいる店長をはじめ大学生のバイト君に至るまで、実にしつけが行き届き、のりもいいのである。

厳選した上州焼きトンの美味しそうな香りと喧騒の中で、ふと外に目をやると「三六」と描かれた暖簾が秋風に絡まっていて、もう秋もかなり深まって来ている。

焼きトンや暖簾絡《から》まる秋の暮れ

フカヒレの刺身

赤坂は国会議事堂も近く、最近では政治屋さんの派閥会合がよく開かれているが、韓国や中華料理有名店もあり、全国区になった『酸辣湯麺《スーラータンメン》』発祥本家の〔榮林《エイリン》〕もある。細い路地の一角にある竹藪に囲まれた二階建ての古い民家で、入口の両側に大きな石柱があり、小さな砂利を敷き詰めた玄関に続くエントランスには飛び石が置かれ、五月雨に濡れている。

木戸を開けると土間が広がり、北京の裏路地の胡同《フートン》の民家に入り込んだ感覚になる。フローリングに靴音を響かせ二階に上ると、昭和の日本座敷を思わせる空間が広がり、セピア色の間接照明が古き良き日本を思い出させてくれる。昔、赤坂の銭湯だった建物を改装したのだそうだ。

「いらっしゃいませ。今日はフカヒレの刺身がご用意できますが…」。馴染みのひげを蓄えた支配人がメニューを持って窓際のテーブルに案内してくれる。「へーッ。フカヒレの刺身ね…」「フカヒレを一度戻して、特性ダレに漬け込んだ珍しい逸品ですよ…」。フカヒレは中華料理に欠かせないが、その世界的生産地は気仙沼が有名で、今回の東日本大震災で甚大な被害を受けたが、形もよく高級品で、フカヒレ刺身は気仙沼産に限るそうだ。フカヒレ自身はコラーゲンとゼラチン質の塊で、心地よい歯ごたえはあるが、それ自身には何の味もなく、姿煮でも、スープでもそのタレが勝負なのだ。

白磁の大皿に、ほのかに淡い鼈甲《べっこう》色の形の良いフカヒレの姿そのままが漬けタレとともに盛られ、三つ葉のような形をした中国香菜が乗せられている。ねぎと山椒の香りが油に溶け込んだタレをたっぷりフカヒレに浸し、香菜をからめて口に運ぶと、なんと素晴らしい味わいが広がることか…。やはりフカヒレには中国黄酒《ホワンチュ》（醸造酒）の代表、陳年加飯酒《チャーファンチュ》に限る。

近年、世界自然保護基金が、無謀にも、自然保護目的で『フカヒレの料理撲滅キャンペーン』を香港中心に世界的に展開。勿論反対意見もあるが、事もあろうに、香港高級ホテルペニンシュラが本年一月からフカヒレを使った料理の提供を止めたそうだ。

フカヒレの刺身味わう五月雨

二日酔いと中華粥

　年を重ねるたびに、羽目を外して痛飲すると二日酔いの激しいこと激しいこと。胃はムカムカ、頭ガンガン状態が午後まで続き、近年は下手をすれば一日では戻らず三日酔いになってしまう。肉体的不快感は言いようもなく、何でこんな思いをするほど飲んでしまったのかと、後悔と自己嫌悪に陥ってしまう。今日のお相手とは最低三軒はハシゴだなと言うときは、胃腸薬、ヘパリーゼ、ウコンと二日酔い予防セットをしっかり服用するのであるが、飲んでいるときは勢いが付き、美味しくぐいぐい飲んで抑えが利かないようだ。

　若い頃は多少の二日酔いはシジミ汁やトマトジュース、牛乳を飲んだり、柿を食べたりして何とか回復させたものだが、今は肉体的不快感ばかりでなく、精神的にもひどく自己嫌悪に陥り、無気力、戦闘能力完全喪失、ぐでーんと無残に横たわっているしかないという状態。英国の作家キングズリー・エイミスは、このような精神状態を肉体的二日酔いに対して「形而上的二日酔い」（訳・吉行淳之介）と呼んでいるのである。

漸く起きだし、外を見れば、初夏の陽射しの眩しいこと眩しいこと。シャワーを浴びてもまだシャキッとせず、取り敢えずコーヒーを飲んでいざ出陣。胃の中は空っぽでも食欲は無し。こんな惨憺たる時に頭をよぎるのが中華粥である。

中華粥と言えば、横浜中華街の〈謝甜記〉。米と鳥一羽、ホタテもたっぷり入れて、グツグツ鳥の骨がとろけるまでじっくり煮込んだ本格的な中華粥である。今日は残念ながら横浜に行けないので、日比谷銀座界隈の馴染みの有楽町映画街、帝国ホテル近くの〈慶楽〉である。創業昭和25年の老舗広東料理店で、チャーハンは東京Vシュラン、チャーハン編で1位の絶品であるが、今日は『野菜粥』。真っ白い粥に、レタスの細切りだけが乗っているシンプルな中華粥である。熱々をレンゲで掬いフーフー言いながら口に含むと、塩味を効かせたコクのあるスープが朽ち果てた胃に刺激を与え、汗が出て、だんだん生気が甦ってくるのだ。

雲の峰陽射し突き刺す二日酔い

ビヤホールのビール

梅雨も明け、夏の暑い日差しが銀座通りに突き刺さる昼下がり。新装開店したユニクロ銀座店、その向かいの松坂屋には、平日にもかかわらず、人人人…で更に熱気を盛り上げている。

お目当て、〔ビヤホールライオン〕はその隣にある。日本麦酒本社一階に建設されたのは明治三二年八月四日。昭和九年に現在の地に移転したのであるが、八月四日は今でも『ビヤホールの日』なのである。

店内に入るとゴシック風の重厚な高い天井と壁に音が響き渡っている。正面にビール造りの大型モザイク壁画があり、ステンドグラスの窓から、真夏の太陽がアンティークな煤けた壁に差し込んでいる。東京空襲にも耐え、東日本大震災にもびくともしなかった逞しさに健気さも感じさせる。

昼下がりにもかかわらず、初老の紳士達や外国人観光客が美味しそうにビールを楽しんでいる。ここではジョッキではなく、液体と泡の黄金分割が見事なグラスで飲むことにしている。きめ細かい泡の冷え冷えビールのグラスをフットワーク良く運んでくれる。「グイ、グイ、グイーィ…。俺はこの時のために今日まで生きてきたのか」と思う程の至福の瞬間である。銀座ライオンに通ってもう四〇年。ここでの昼間のビールは罪の意識を全く感じさせないのである。

東京が銀座ライオンとすると大阪は梅田新道交差点の〈アサヒビヤハウス〉（現〈アサヒスーパードライ梅田〉）であろう。戦後は進駐軍に接収されるほどの本格的ビヤホールで、夜毎専属楽団と一緒に「アイン・ツバイ・ドライ・ズッファー…乾杯！」。ここは工場直送の生ビールを、最高の状態で飲ませるため細心の注意を払っている。特に、ビールの泡の大敵である脂分除去のため、グラス洗浄へのこだわりは生半可ではない。通常、グラス洗浄シンクは三槽あり、一槽目は洗剤で洗い二槽目で濯ぎ、三槽目で仕上げが通常であるが、ここでは三槽目は「おい！ その水飲んでみろ！」と教育しているのである。
それでは、八月四日、美味しい泡の生ビールをビヤホールで。プロージット！ 乾杯！

音響くモザイク壁画のビアホール

鎌倉小町のマイクスバー

「…その白身を切ってもらおうかな…」前の冷蔵ケースにある下ろしたばかりの魚を注文すると、鮮やかな包丁さばきで刺身にして、白木のカウンターにおかれた竹皮に、寿司のにぎりの様においてくれる。ここは中目黒の鮮魚屋直営、新鮮な魚を食べさせる小粋な割烹である。

「すいません、〝ハマグリの酒蒸し〟お願い…」。隣の色艶の良い健啖家の先客が、冷酒をうまそうに飲みながら刺身を食べ終え、何皿かのお皿をおいての追加注文である。「この住所はこの辺ですよね…」と一枚の達筆な字で書かれたメモを差しだし、「私、携帯電話を持っていないんで、先ほど公衆電話で懸けたんですが誰も出ないんですよ。私のお客さんがこの辺にバーを出したと言うんで、今日が休みなんで鎌倉から来たんですが…」。「将にこの近くですが…やっぱり誰も出ませんね。また後で懸けてみますから…」。「お客様は鎌倉のどこですか」。「小町通りです」。「それじゃーあの鳩サブレーの〔豊島屋〕の裏に〝マイクス〟っていう古いバーがあったでしょう、40年程前に何度か行きましたが…」。一瞬驚きの間をおいて「…私がそのマイクです。80歳になりました」。「ひえ…。驚きました。やあ、お若い、お元気ですね…」。結局その後暫くしてその知人が来店して落ち合い、新開店バーにお連れし無事一件落着。

段葛《だんかずら》の桜も散り始める頃、センチメンタルジャーニーと洒落て小町通りを歩いていると、ありました〔Snack Mike's〕のあの緑色のネオン看板が。懐かしい匂いに包まれた天井高い店内。見覚えのあるカウンターの奥には、チャーミングなベストに黒い太く大きい蝶ネクタイをしたマイクさんが満面の笑顔で「…いらっしゃい。先日は本当にありがとうございました」。店内には45周年記念パーティの大きなパネルがあり、昔あったジュークボックスは流石に無いが、雰囲気は変わらない。「それじゃー、先ずマスターが名付け親のカクテル、ブルドックと例の肉汁たっぷり特製ローストビーフを……」。

カクテルでセンチメンタル春の酔い

銀座の焼鳥とコップ酒

銀座で焼鳥となると、〈鳥長《とりちょう》〉〈伊勢廣〉と名店揃いではあるが、やはり味、雰囲気、気風《きっぷ》の良さでは〈銀座 鳥繁〉が好みである。白木の格子戸を開け暖簾をくぐるとヒノキ板のカウンターが真っ直ぐに奥に伸びていて、「いらっしゃい！」と威勢の良い掛け声で迎えてくれる。

昭和6年、初代保立繁之助《ほたてしげのすけ》が銀座交詢社ビルの前で屋台の焼き鳥屋を始めて80年。焼鳥の専門店として、三代目がしっかりと暖簾を守っている。狩猟期間限定の天然の野鳥（真鴨・小鴨・寒雀・うずらなど）が食べられる銀座でも数少ない店で、鶏は比内鶏と徳島の阿波尾鶏。固くもなく柔らかすぎず、水っぽくもなく、口当たり良く、品格があり絶品だ。

店内は、1階がテーブルとカウンター、2階がカウンターと座敷である。

カウンター前には大きな焼き台が並び、艶やかに肌を輝かせた熟達焼き職人が待ち構えている。常連は、塩の打ち方や焼き加減など、自分の好みの焼き職人の前に席を取る。お通しの漬物とうずらの卵入り大根おろしが運ばれて、先ずは『サッポロ 黒ラベル 生ビール』のグラスでスタート。「えーと。皮、かしわ、手羽、鴨は塩で、つくねはたれで…」「それと、ドライカレーを予約しときます…」

同店名物のドライカレーは、初代がイギリスのカレー粉を使い身近な具材で作ったのがはじまりで、素朴なやさしい昭和の味が、不思議に焼鳥の後の口の中をさっぱりとさせてくれる。

〔銀座 鳥繁〕に通って40年。従業員もいつもの顔が揃っていて、いつもの様にいつものもてなしをしてくれる。その中でもずっと変わらない〝純銀の薬缶〟から熱燗の『大関 特撰』を、直接グラスに注ぐ名物おやじのパフォーマンスが健在である。形の良いスキンヘッドの布袋様の風貌で、大切そうに抱えた薬缶を優しく触り〝人肌〟を確かめながら、決して零《こぼ》れることのないように、なみなみと、表面張力一杯にグラスに注いでくれるのである。グラスに口元を近付けて、零れないように「ズズーッツ」と啜る。「…アーッツ、うめー…」

なみなみと注ぐ熱燗コップ酒

伝説のビヤホール「灘コロンビア」

今から40年ほど前、神田神保町の駿河台下に創業明治42（1909）年の老舗ビヤホール〔ランチョン（Luncheon）〕があった。火事で焼失後、現在はモダンなビルとなり95年の歴史と味を受け継いでいる。

〝ちょっと気取ったランチ〟という意の〔ランチョン〕では、昼からビールの元祖、小さなジョッキビールがワンコイン100円。フローリングの床にテーブルが置かれ、糊の利いた白衣に蝶ネクタイの小柄な白髪の先代が、カウンターに立ってビールを注ぐのである。ここのビールは2回注ぎで、最初にビールサーバーから注いだ粗い泡を「竹へら」でさっと滑らかに落とし、そしてその上に丁寧に細かい泡を注ぐ。

〔ランチョン〕には場所柄様々な文人や文化人が出入りしていたが、行けば必ず会うのは、美味しそうにジョッキを傾け学生と話し込む、吉田茂首相に勘当された英文学者の吉田健一であった。

まさに同じ時代、東京八重洲口にはもう一人のビール注ぎ名人、新井徳司が経営していた〔灘コロンビア〕と言う伝説のビヤホールがあった。

崩れそうな入口に大きな昭和レトロ風看板が掲げられた居酒屋で、外見だけでは、とてもビヤホールとは思えない。平日の夕方は、開店と同時にすぐ満席。伝説の新井名人のビール注ぎの技で、ビールの美味しさを堪能するのである。名人の注ぎ方も2回注ぎで、最初に勢いよく注いでから、上面のキメの粗い泡を特製ナイフでややほじくり気味にさっとカットし、その上に更にもう一度丁寧に注ぐ。泡はあくまでもキメ細かく、マッチ棒がピシッと立つ。

では…、とばかりに、唇でクリーミーな泡を押しのけ、その下のビールをグイーッと喉へ流し込む。苦仄《にがりほの》かに、心地よい甘さが、優しく喉を通り過ぎて、「うーん、これはうまい…」。

残念ながら幻の〔灘コロンビア〕はなくなってしまったが、その当時、新井名人の下でひたむきに修行していた紅顔の美少年、松尾光平が、新橋〔BIERREISE《ビアライゼ》'98〕でその当時の幻の味を再現してくれている。

喉がなるビール泡切る竹のヘラ

真昼間《まっぴるま》からのモツの味

自由が丘周辺は、隣に田園調布が控え高級住宅地に囲まれているが、東急線でチョッと足を延ばせば、呑兵衛にとっては堪らない盛場《さかりば》がある。

「ネエ、知ってますか。2時過ぎからやってるモツ焼き屋が武蔵小山にあるんですよ。奥も深く〝ムサコ暗黒街〟と言う妖しい一角もあるんです」。最近大手外資系証券会社のディーラーでしこたま儲けて、現在は悠々自適。ソムリエ・エキスパートの資格を取得したワインオタクのIさんである。

夕刻から雪になるとの天気予報で、木枯らしが吹き荒れる昼過ぎ、完全武装でいざ武蔵小山へ。ホームを出ると、目の前には東京で一番古い豪華アーケード街が賑々しく続いている。早速駅前の路地に入ると、おおっ！ 細い路地裏に昭和レトロ風情が漂う飲み屋街が出現。お目当て、〔牛太郎〕の大きな濃紺の暖簾が、強い北風で絡まっている。表看板にはプロレタリアート風旧字体で「仂《はたら》く人の酒場」。

恐る恐る暖簾をくぐると、薄暗い裸電球、セピア色の壁、そして中央の厨房を取り囲む年季の入ったコの字型カウンター。ほぼ満席の中、やっと隅に席を確保し、先ずお酒を頼もうと声を掛けると、「チョッと待って！ こっちから声を掛けるから！」と実にそっけない、が、何故か嫌味っぽくない。

暫くして、「はーい！ 注文どうぞ」。先ずは「ビール」、そして取り敢えず、「ポテトサラダ（120円）」。量も多く、玉ねぎのシャリシャリ感と黒胡椒のスパイシーさが秀逸。「モツ煮込み（110円）」は臭みがしっかりと取り除かれ、柔らかくジューシー。さらに暫くして、「何焼きますか」。いよいよメインディイシュのモツ焼きである。「たん」「はつ」「レバー」「なんこつ」「かしら」「しろ」（モツ焼きは全て100円）を一挙に注文。丁寧に炭で焼き上げたモツ焼きは、流石に美味且つボリューム充分。勿論、モツ焼きには『ホッピー』でしょう。待ち客も増え続け、「じゃーお会計？」「1280円です！」「エーっ…」。

壁にあるセピア色の写真を見ると、先々代の中村勘三郎来店写真が堂々と掲げてある。矢張り本物は本物を呼ぶのだ…。

木枯らしに暖簾が揺れるモツの味

日比谷のしもた屋風レトロ食堂

日比谷と言えば帝国ホテル、ペニンシュラホテルがあり、東京宝塚劇場やいくつものロードショー映画館がひしめいている。そして日比谷シャンテなどのファッショナブルなお店やお洒落なレストランもあり、将に日本のブロードウェイ。今でも年間100本以上の映画を観ているが、この界隈には学生の頃から通い続けている。

噴水前にはゴジラの銅像、石畳のフロアには往年の銀幕スター達の手形が埋め込まれている広場の横道に、周りの建物とは異質なガラス戸に、色あせた暖簾のかかった、しもた屋風建物が目に入ってくる。アジフライ定食700円、玉子丼定食800円と白墨の手書きで書かれた脚立の黒板看板が、開けっ放しの入り口前に無造作に立ちかけられている。

店内に入るとそこは薄暗い裸電球の昭和レトロ世界。土間風の床にはカウンター4席にテーブルが4卓。「いらっしゃい。今日は早いですね」。背筋がピンと伸び、赤いスリムのパンツにバンダナを冠った年齢不詳のお母さんが声をかけてくる。「いつもの玉子丼定食…」。お母さんはカウンター越しに、調理場にいる小柄で眼鏡を大村崑《こん》風に掛け、ブカブカの野球帽のつばを後ろ向きに被ったご主人に向かって、「玉丼セット、お願いします」と丁寧にリピートするのである。

店の名前は〔いわさき〕。現当主が3代目で、初代は、詐欺・恐喝・窃盗は一切しない前科5犯、忠君愛国の士である暴れん坊で有名な岩崎善右衛門。有楽町ガード下で、本邦初の正式営業認可を取った〔おでん屋〕がルーツの由緒ある店なのである。現当主は、昭和32年、2代目が突然亡くなり当時20歳で、調理修行もなく引き継いだのだ。

「その席はね、渥美清さんがいつも座っていたんですよ」。「東宝や宝塚の女優さんもよくいらっしゃいました」。

〔いわさき〕に通って半世紀。今までは昼食のみであったが、最近は、ロードショーが終わった夕刻5時過ぎから、冷奴、納豆、そしてキャベツいっぱいのハムエッグ等で〝菊正《キクマサ》〟一合瓶をぬる燗で…。映画の余韻もアテにしての一献…、これもまた格別である。

ロードショー余韻を冷ます冷奴

ひな鳥のから揚げ

食い意地が張っているのか、どういう訳か無性に食べたくなる料理がある。それは単なる鳥のから揚げであってもどこか違う。特に前夜痛飲した土曜日、スポーツジムで汗をかき、サウナで一週間分のアルコールを出し切ってさっぱりとした気分の時に、体が欲するのである。

自由が丘には居酒屋〔金田〕、〔ウナギ　ほさか〕をはじめ、呑兵衛にとっては堪らない店が多いが、〔ひな鳥　から揚げ　とよ田〕も秀逸である。生後3か月のひな鳥を丸ごと無駄なく使い、基本は砂肝、手羽、モモの単なるから揚げ。別に特別なタレや衣をつける訳でもなく、その「揚げ油の種類と調合」そして「揚げ方」が勝負なのだ。

現当主は2代目で、先代の急逝でサラリーマンを急遽やめて先代の味を継いだのである。

L字型白木のカウンターの一番奥、当主の揚げ場の真ん前を定位置に、大きな赤い煽りうちわを持って、汗だくで揚げる当主の姿をつまみに呑んで食らって楽しむ。「コースと胡瓜の古漬物（古漬《ふるづ》け）と瓶ビール」、これがいつものスターターオーダーで、お通しのオニオンスライス、砂肝、モモ、手羽そして最後のスープが、タイミング良く黙って出てくるのである。

高温で沸騰した特製調合油にひな鳥を愛おしそうに丁寧に入れると、〝ジュー、ジャー…〟と美味しそうな音を立てて、油の中で踊っている。飛び跳ねる油を赤いうちわで巧みに操っている。「ハイ…手羽です」と熱々の揚げたてが、ペーパーナプキンを敷いた竹製籠に載せられ、くし形の檸檬が添えられている。揚げたてをアチィチィ…と注意深く両手で割き、塩と七味唐辛子を付けフーフー言いながら頬張る。生後3か月のひな鳥なので骨も柔らか、骨の髄までしっかりとしゃぶりつけるのである。

〔とよ田〕に通ってもう既に30年になるが、「あれーどこかで見た人だな…」

と、直ぐ隣にいる人を改めて確かめると、あの世界の王貞治さんであったり、ファイティング原田さんであったり…。インターネットで〝世界一のから揚げ〟とある通り、矢張り美味しいのであります。

揚げたてのひな鳥割いて檸檬かけ

まぼろしの餃子〔おけ以《い》〕

神田神保町は東京堂書店、岩波書店、三省堂、小学館、集英社とともに、古本の街として文化の香りの高い街である。宰相吉田茂の勘当された息子さん、英文学者である吉田健一が毎日通ったビールとから揚げの〔ランチョン〕、周恩来、孫文、魯迅も足繁く通った上海料理〔漢陽楼〕、大正レトロの居酒屋〔兵六〕など安くて美味くて趣のある店が多い。

今から40年ほど前、まだバブルに至らず、田中角栄が「列島改造論」で颯爽と登場したころ、よく通った餃子屋があった。中国では餃子といえば水餃子が主流で、その残ったものを鉄鍋に貼り付けて焼いたことから、「鍋貼（グオティエ）」と呼ばれ、日本で「棒餃子」や「鉄鍋餃子」と呼ばれるようになった。〔おけ以〕の餃子はその伝統を踏襲した本格的な餃子。昭和29年創業の伝説の店で、現在に至るまでこの店の味を凌駕するものは無い、まぼろしの餃子である。

その当時の噂では、満州に派遣された有能な新聞記者が、命からがら日本に戻り、美人の奥さんと始めたとのこと。頻繁に通ったころにはご主人は他界し、いつもきりっと着物に割烹着の品の良い初老の夫人が帳場に立っていた。店内では母親似の可愛い娘さんが、てきぱきと超満員の店をさばいていた。

昼時では12時少し前に行っても、半端ではない行列ができていて、11時半ごろか、13時半過ぎに行かなければ席は取れない。やっとカウンターの隅に席を取ると、「餃子とタンメン、それと生ビール…」。カウンターの大きな全面ガラスから見える広い調理場では、調理人たちが所狭しと忙しく働き、高温で熱した大きな丸い鉄板を回すと、水蒸気が立ち昇り、餃子が焼ける〝チリチリ…ジィジィ…〟と美味しそうな音が聞こえてくる。

小皿に醤油と酢、そして特製ラー油でタレを作って待っていると、こんながり焼けた羽根付きの餃子が運ばれてくる。〝パリパリ〟と〝モチモチ〟が同時にやってきて肉汁が口一杯に広がってくる。「ゴクゴク…アーウメェー…」。ビールにから揚げもいいが、やはり美味い餃子に勝るものはあるまい。

熱々の餃子頬張りビールかな

〔謝甜記《しゃてんき》〕とサンタクロース

カーネル・サンダース風のサンタクロースが唐突に立っている店先入り口には、午後1時を過ぎても長い行列が続いている。ここは横浜中華街。中華粥と言えば中華街上海路にある〔謝甜記 貳《に》号店〕。東急東横線が東京メトロ日比谷線と手を切って副都心線と提携し、埼玉からも直通で横浜経由元町・中華街に乗り入れた影響か、平日昼下がりでも、美食を求める中高年、毎日が日曜日風男女で一杯。

〔謝甜記〕のお粥は、生の米から乾燥牡蛎、乾燥貝柱そして鶏一羽丸ごと約4時間、ぐつぐつ煮込むという創業昭和26年以来の伝統を受け継いでいる。現在では、特に塩にこだわって「セル マランド ゲランド」と言うフランス原産の塩を使用し、深い味わいを出している。このお粥だけでも十分コクのある味が楽しめるわけであるが、鮑魚粥（あわびかゆ）、鮮蝦粥（えびかゆ）、什錦魚生粥（ごもくかゆ）、青菜粥（やさいかゆ）、豚肝粥（レバーかゆ）、牛肉粥（牛肉かゆ）など、何と20種類以上もの中華粥がある。値段も一番高い2270円のお粥を除いては、1000円以内でハーフサイズもある。

晩秋の昼下がり、柔らかな日差しの中、元町から中華街まで歩き、乾いた喉にビールを飲んでいると、いよいよメインディッシュのお粥が中華揚げパン（油条・ヤオチャッカイ）と共に運ばれてきた。油条をお粥にタップリ付けて頬張ると、お粥のコクのある味がしみ込んで、ビールの絶品のアテである。

ちなみに、中華粥とサンタクロースとの取り合わせは奇妙に見えるが、そのいわれは戦後まもなくの創業時、中華街大通りにはまだ20軒ほどしか店が無かった頃のこと。〔謝甜記〕の向かいの外国人向けのバーが、クリスマスシーズンにサンタクロースを出していたのだが、しばらくして閉店。それを譲ってもらうことになり、「〔謝甜記〕も美味しい料理を提供し、サンタクロースのように、皆に愛される存在になりたい」との一念で店のマスコットにしたそうだ。

以来、子供にぶたれたり倒されたり、酔っ払いに蹴飛ばされたりしたこともある中で、中華街を見つめて60年…。現在のサンタクロースは2年前、フィリピン特注だそうだ。

汽笛ありチャイナタウンの秋の声

居酒屋・自由が丘金田

気怠《だる》さでうとうととして目覚めた初夏の爽やかな夕刻。2週間にわたる横メシ、ワイン、時差ボケで、内臓はもう既に限界。体がさっぱりした日本料理を欲しているが、矢張り頭に浮かぶのは、行きつけの『居酒屋・自由が丘金田』である。『金田』に通って半世紀。戦後自由が丘駅前の屋台から立ち上げ、大卒2代目が東急電鉄のサラリーマンを辞め、居酒屋金田として堂々たる店に育て上げた。しかし7年前に突然亡くなり、現在は3代目が継いでいる。

夕刻5時過ぎに暖簾をくぐると、特徴ある『ヨ』の字型のカウンターには歯の抜けたようにお客はまばら。ひと昔前はオープン即満席状態であったが、昔の常連客は高齢化で、世代交代が残念ながらうまく進んでいないようだ。『金田』の素晴らしさは、昔と変わらない味と雰囲気であり、その律義さは半端ではない。酒は「菊正宗」、醤油は「ヤマサ」、食材は「国分」と創業時から変わっていない。

2代目が健在の頃、いつものように6時過ぎに行ってみると、カウンターにダークスーツのビジネスマンが3人着席鎮座している。「今日は何かあるんですか？」と尋ねると、「ええ、金田の一階カウンター席は予約が効かないので、弊社の社長の代わりに席を取って待っているのです」と、国分のエリート社員が答える。今夜は、3社長が集まり金田での久々の懇親会とのこと。2階、3階はテーブル席や座席があるが「居酒屋金田」の神髄は2代目の大将と奥さんが切り盛りするカウンターなのである。山口瞳や伊丹十三たちもカウンターの常連で旨そうに酒を飲んでいた。

3代目の料理を任されているのが、2代目の次男で京都吉兆に修行に行っていた。因みに私見であるが、居酒屋料理の原点は、酒を美味しく飲むための「アテ」の文化であって、坂本龍馬や高杉晋作など幕末の志士たちが愛したように、美味しく酒を飲むためのつまみであったのではないかと勝手に思っている。
「えーと。サッポロ大瓶（赤ラベル）ください。それに、マグロやまかけ。
やっ・・鱧《はも》の季節か…」。

もう一本鱧の皮ある今宵かな

神田神保町界隈

年末の神田神保町界隈、軒を連ねる古本屋の軒先に詰まれた古本を物色している本好きが寒空に首をすくめて覗いている。神保町には三省堂、岩波書店や集英社等がある文化の香りの高い街である。半世紀ほど前、新卒で務めた外資系広告代理店が小学館にあり、三ッ揃い濃紺スーツをピシーっと着こんで、一端《いっぱし》のアドマン気取りでブリブリと突っ張っていた。時は「猛烈からビューティフルへ」連日の残業で、終わればやれ六本木だ赤坂と、神保町周辺で夕刻からゆっくり飲むことはなかった。

しかし近くには個性豊かな老舗〔餃子のおけい〕〔出雲そば〕〔揚子江〕などがあり、〔ランチョン〕などは昼間から唐揚げと100円ランチョンビールで、横を見ると吉田茂の放蕩息子英文学者吉田健一が紺色の背広を着て美味しそうにビールを飲んでいた。

そんな懐かしい神保町交差点にある老舗映画のメッカ岩波ホールにインド映画『ガンジスに還る』を観に行った。岩波ホールは1968年映画文化の衰退に危機感を持った総支配人高野悦子が、質の高い映画を上映し日本で初めて完全定員入れ替え制を実施した映画館である。

雄大なガンジス河を背景に、誰にでもいつか訪れる「死」というテーマをユーモアと人情味を交えて描いたベネチア国際映画祭で大絶賛されたインドの新鋭シュバシシュ・ブティアニ監督の感動作。重たいテーマであるが何故か心地よさとともに岩波ホールを出れば、冬の日はとっぷり暮れて熱燗が恋しくなってくる。

岩波ホールに来るたびに立ち寄るのは、三省堂裏手にある〔兵六〕である。鹿児島生まれの初代平山一郎が戦後上海から無一文で引き揚げ開店。多くの文士たちに愛され、煤けた壁には林芙美子、高村光太郎、坪井繁治の色紙が何気なく飾ってある。

年季の入った提灯が木枯らしに揺れている。縄のれんをくぐればもうほぼ満席。先ずここでは懐かしい小さなアルミ薬缶に入った白湯で、ゆったりと自分好みの濃さで嗜《たしな》む芋焼酎さつま無双が極上の旨さ。

木枯らしが提灯揺らす縄のれん

今どきの京都の秋の宵模様

「そうだ！　京都に行こう！」ではないが、秋も深まった10月末、思い立って京都へ。

来日外国人が3000万人を超え、ジャパン・クール！　はますます勢いを増している。

世界遺産の清水寺、八坂神社や花見小路は勿論、紅葉し始めた嵐山の渡月橋周辺には、平日とは言え外人客だらけ。先月の台風による桂川の氾濫で渡月橋が破壊され、片側通行の為、歩行者で大渋滞である。

天龍寺への参道には、着物姿のヨーロッパ系、アジア系、南米系の外国人女性やカップルが違和感なく自然に闊歩している。一昔前のように、安物の派手な着物を着させて、ツンツルテンで「いっちょ上がり。まー綺麗！」でお金を取るのではなく、需要も多く競争も激しくなったせいか、着物の質も着付けも様《さま》になってきたようだ。女性の髪形も着物に合うようにアップにしたり、男性の帯の位置もお腹に手ぬぐいでも入れているのか、低めに落としている。

嵐山の夜は早く寒い。一路四条烏丸、今宵のメインイベント、友人の紹介である「割烹たいら」へ。仏光寺通柳馬場西、四条より堺町通を南に下ると古い町家飲食が並んでいる一角にある。格子戸のある落ちついた佇まいで、白い暖簾が印象的である。ここまでくれば、外国人の姿は全くない。店主の平智明《たいらともあき》さんは熊本生まれ。三島由紀夫や白洲次郎が愛した祇園の名店ミシュラン3星「千花」で21年修行を積み、この店を2012年にオープンした。

格子戸を開け店内に入ると未だお客は誰もいない。奥行きのある白木カウンターが6席ほどで「こじんまり」としながらも町家ならではの天井高と坪庭を臨め広々と開放感がある。

「ようこそ。お待ちしておりましたー。」「今日は、丹波の最後の松茸が入りました。それとこれも最後のいい鱧《はも》が市場であったのでお出ししますー。鱧にはアルザスの白を合わせてください。」ワインにも造詣の深い、40歳過ぎの機知と自信に満ちた凛々しい姿に、3時間のフルコースを堪能したのであります。

格子を開ければ四条秋の宵

美味しいKINEMAとMUSEUM

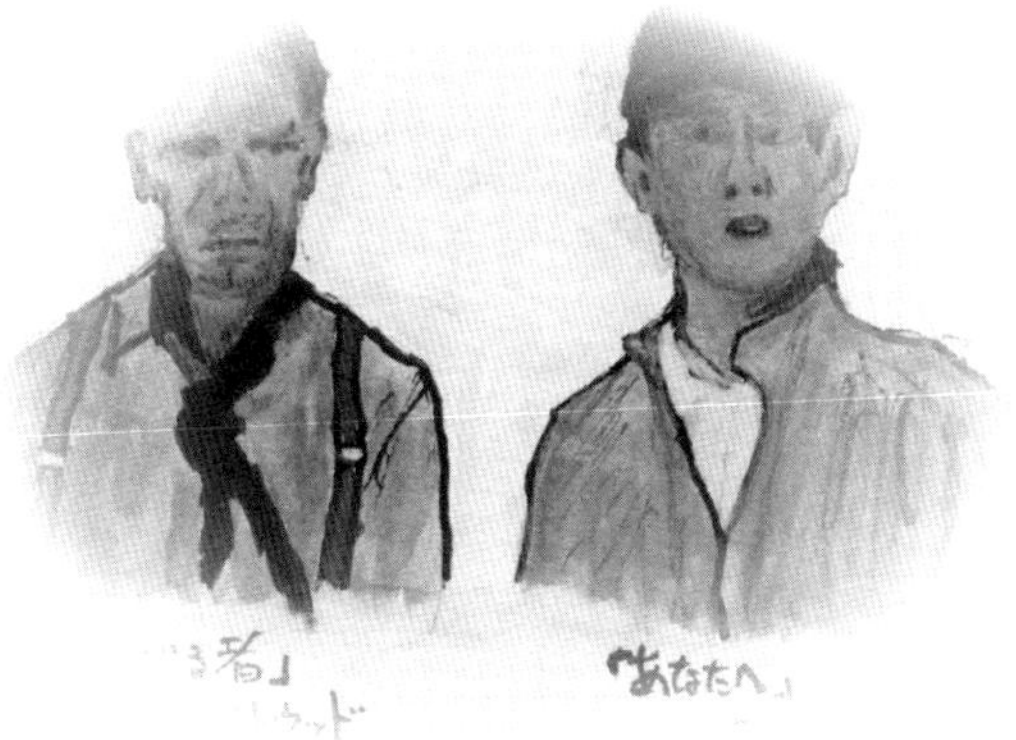

アメイジング・グレイスとグローバル・ディザスター

〽 Amazing Grace how sweet the sound, That saved a wretch like me…〈アメイジング・グレイス（驚くべき御加護）なんと美しい響き、神は私のような罪深き者も救われた…〉

有名なフレーズで始まる〝アメイジング・グレイス〟。18世紀後半、東インド会社が世界貿易を席巻し、三角貿易の奴隷船船長であったジョン・ニュートンが、奴隷の亡霊に悩まされ、後に聖職者として、神との劇的なめぐりあいを歌にした讃美歌である。

その歌の裏に隠された奴隷貿易廃止に命を懸けた英国の若き政治家ウィリアム・ウィルバーフォース。その正義感溢れた姿を描いた映画が密かに評判を呼んでいる。

ウィルバーフォースは、奴隷貿易廃止法案を再三にわたり英国議会に提出したが、当初は全く相手にされず、苦節10年。若く美しいバーバラの力を得て、敢然と奴隷貿易廃止に突き進んでいくのである。由緒ある英国ウエストミンスター議会で、現代も続く伝統の金髪カール巻き毛のかつらを被って、朗々と弁じ、ドラマチックに〝アメイジング・グレイス〟を声高らかに歌いきるクライマックスである…。

と、突然その時、グラグラ、みしみしと、ジャンボジェットが乱気流に突っ込んだような激しい揺れが満員の館内を襲ったのである。客席のあちこちから、『キャー』『こりゃなんだ。映画どころじゃないよ・・・』と非常口から出ていく人、人、人。「もうあと少しじゃないか…」としぶとく座っていたのだが、激しい揺れの長いこと。やっと、非常口から出てみれば、銀座和光の小路には、周辺ビルから避難した人で溢れんばかり。小康を保った頃合いを見て、近くの馴染みの〔Walk in Bar MOD〕に行くと、興奮冷めやらぬ店長が、ワインのボトル二本を大事そうに抱えて、店の前で、仁王立ち。「オイオイ、ボトル大丈夫かい」「エー、この2本だけがカウンターでグラグラ揺れて落ちそうだったんで…」

勿論交通機関はズタズタ、銀座夜回り陣中見舞い。「あなた！　バッカじゃないの。こんな時に何やってんの。早く帰ってらっしゃい！」と携帯GPS機能で所在を突き止められ、歩きに歩いて帰宅は当然翌日未明…。

驚愕未曾有の大惨事——グローバル・ディザスター〈神の御旨は何処に…〉。この紙面をお借りし、この度の東北関東大地震で被災された皆様に心よりお見舞い申し上げます。被災地の一日も早い復旧をお祈り申し上げます。

春の地震《なゐ》デジタル機能麻痺無能

アルチンボルドがやってきた…

「これが、ジュゼッペ・アルチンボルドの「ソムリエ（ウェイター）です。」25年程前、ロンドン クリスティーズの倉庫で学芸員から大きな古ぼけた油絵を見せられたのである。「これが、ハプスブルグ家マクシミリヤン2世が従兄のフィリッペ2世に贈ったとされる幻の名画で、富豪ユダヤ人から持ち込まれました。」

まだまだバブルの続く1995年、大阪港国際交流促進施設「ふれあい港館」を南港に計画し、その中心施設として「ワインミュージアム」が建築された。ミュージアム正面に続く長いエントランス両サイドの高い急斜面には、カベルネ・ソーヴィニヨンやシャルドネなどの葡萄が植えられ、夏にもなると青々とした葉っぱが大阪南港の強い日差しを浴びキラキラ輝いていた。秋ともなると収穫祭まで行われていた。ミュージアムでは、オール・アバウト・ワインを映像を駆使して表現し、その目玉として「アルチンボルドのソムリエ」を展示していたのである。

ジュゼッペ・アルチンボルドは、16世紀後半、ハプスブルク家の宮廷で活躍したイタリア・ミラノ生まれの画家で、果物、野菜、魚や書物で、奇想天外、寓意的な組み合わせで巧みに肖像画を作り出してきたのである。

ロンドン クリスティーズ本社で初めて見た時は、ワイン造りに関わるあらゆる道具（樽、樽栓、計量器、栓抜き、グラス、ボトル等）を使い「貴族の肖像」とは判別できるが、色褪せ薄汚れた感じが、第一印象であった。しかし、ルーブル美術館御用達の専門家によるクリーンアップと特製額に入れ替えると、アルチンボルドの正式署名まではっきりと浮かび上がり、見違える素晴らしさ。世界的なアルチンボルド研究家の証明書など諸経費も含め、数千万円と非常にリーズナブルな価格で落札した記憶がある。

この度の国立西洋美術館「アルチンボルド特別展」（２０１７年6月20日

〜9月24日）では、最終コーナーベストポジションに、唯一日本現存アルチンボルドの傑作として誇り高く展示され、なお一層の輝きとオーラを放っている。因みに、今購入するとすれば、購入不可か、数十億円でなければ購入できないのでは…？

潮風と陽射しを浴びる葡萄棚

廃墟のミュージアム

10年は一昔とは言え、20年も経つと世の中が劇的に一変するのであろうか。それはそうだろう、なでしこジャパンも30年で世界一になるんだから…。

新地での痛快痛飲、二日酔いの体に、真上から照りつける灼熱大阪の昼下がり、阿波座から地下鉄中央線に乗って、久方ぶりに一路大阪南港コスモスクエアへ。20年ほど前に5年に渡って深く関わった、大阪南港開発のシンボルであった姉妹港友好文化施設「ふれあい港館・ワインミュージアム」へのたった一人のセンチメンタルジャーニーである。

遠洋航海から帰った大型帆船が桟橋に係留されているイメージで、フランスの著名建築家であるブランシェの斬新なデザインである。建物の周りには青々とした平戸つつじが植えられ、ゲートをくぐると水の流れる桟橋。両壁には友好都市の葡萄品種が育てられ、秋の収穫時にはコスモタウン産の新酒として楽しむはずであった。ガラス張りの建物の中には、ワインの歴史から作り方までを当時では最新のデジタル技術を駆使したジオラマや大型映像で表現し、極め付きは、ロンドンクリスティーズでの掘り出し物の16世紀イタリア画家ジュゼッペ・アルチンボルドのワインの道具で描かれた王様の肖像画である。

賑々しく開かれた開館記念式典には高円宮様や友好各国大使も臨席され、オープニングパーティでは、世界ソムリ大会に参加するソムリエによるシャンパーニュのサーベル抜栓も豪華に花を添えたのである。

コスモスクエア駅から、炎天下を歩くこと20分。体中から前夜のアルコールを含んだ汗が噴き出し、やっとインテックス大阪を過ぎると、懐かしい建物が眼前に。建物を囲む平戸つつじは、逞しい雑草に覆われ、正面ゲートには『立ち入り禁止』のバリケード。桟橋両壁の葡萄棚を見れば、あのカベルネやシャルドネも、剪定されずに雑草に囲まれ伸び放題。「館《やかた》閉鎖で草ボウボウ、葡萄残して草木深し…、あーズンタッタ、ズンタッタ…」

南港の熱くとも吹き抜ける潮風が、塩吹き汗びっしょりの肌を通り抜けると、もう体と心は梅田新道地下のアサヒビアホールへ。いつもの美味しいビールを求めて、いました常連小島さん、スギやんも、20年前と同じように、「さあー アイン・ツバイ・ドライ、アイン・プロージット、アイン・プロジット…、乾杯!」

夏草に覆《おお》われ無残ミュージアム

無言館

もうすぐ厳しい冬を迎える鎌倉道。鎌倉道とは言っても六文銭真田雪村上田城下の信州塩田平の鎌倉道である。執権北条重時が鎌倉幕府の守護所を開き、鎌倉風の文化が開けたところから〝信州の鎌倉〟といわれている。この鎌倉道の一角に、以前より一度行ってみたいと思っていた戦没画学生慰霊美術館「無言館」がある。

まわりを信州の山々に囲まれたアカマツ林の丘陵地。浅間山を背景に、中世ヨーロッパの僧院を思わせる建物のなかに、志半ばで戦地に散った画学生の遺作が展示されている。もともと信濃デッサン館の館主窪島誠一郎氏が、戦没画学生の遺作を集め、夭折画家の素描を展示する信濃デッサン館の分館として昭和52年に開館したのである。

コンクリート打ちっぱなしの建物には、敢えて目立たないように「無言館」の表示がひっそりと掲げてある。入場券売場らしきものもなく、教会の入り口のような小さいながらも重厚な木製の入り口ドアを恐る恐る押すと、うす暗闇の中に作品に見入っている人たちで既に一杯。愛する母や妹を、故郷の山河や自画像を、熱い思いで描いている。圧巻は、あの暗い時代では考えられない妻のヌード。大きなカンバスに堂々と描いて、「生きて帰ってくるかな…」との悲痛な叫びを感じる。近くでは啜り泣きに近い声も聞こえてくる。

実に感動的な「無言館」にはもう一つの真実がある。館長の窪島誠一郎氏は、何と父は小説家の水上勉で、幼い頃他家に預けられ、空襲のため消息不明となって30年、劇的にも昭和52年、父と再会したのだ。

「無言館」を下ってアカマツ林の鎌倉道を行くと、やはりアカマツには松茸。いやしい食いしん坊としては、ここぞとばかり松茸のフルコース。しかし、飲酒運転はご法度、酒抜きでの松茸料理の何と味気ないこと。そそくさと松茸料理屋を後にして鎌倉道にある名湯別府温泉に向かうと、大きな欅の長い参道の奥に、重要文化財・未完成三重塔の真言宗前山寺《ぜんさんじ》がある。何が未完かというと、窓や扉、廻縁・勾欄が建立途中の塔で、それがかえってスッキリしていて調和がとれ「未完成の完成の塔」と呼ばれている。

欅の参道を登りきって、山門から未完の三重塔を臨むと、境内にある大きな銀杏《いちょう》の葉が、ひらひらと金色に輝いている。

館《やかた》出て銀杏紅葉《いちょうこうよう》未完の塔

ソーダ・サイフォン

ウイスキーのソーダ割りが復権して久しい。ウイスキーのソーダ割りの全盛期は60年代、戦後の高度成長期で、我々の世代では少しもモダンではないが、昨今では〝ハイボール〟としてファッショナブルな響きを持っているらしい。

ウイスキーばかりではなく、トマトやマンゴー、レモンのソーダ割りとソーダは、健康促進と美容効果があり、そのはじける爽快感とお洒落な道具として、自宅で出来る炭酸製造機（ソーダ・サイフォン）でソーダを作って楽しむ人も増えてきているそうだ。

50年代のハリウッド映画で、富豪実業家ララビー家運転手の娘サブリナ（オードリ・ヘップバーン）が、ララビー家の兄弟（ハンフリー・ボガードとウイリアム・ホールデン）に求愛されるロマンティック・コメディ『麗わしのサブリナ』。お洒落なパーティでの飲み物を作る小道具として、ガラス製のソーダ・サイフォンが登場する。タキシードを着たハンフリー・ボガードがソーダ・サイフォンのレバーを握ってグラスに「シューッ」と注ぐ格好いい姿が今でも目に浮かんでくる。

我が家にも、いつごろどこで入手したのかも定かではないが、『麗わしのサブリナ』と同じ強化ガラス製のオールドファッション・アンティークなソーダ・サイフォンがある。流線型の爆弾のような不思議な形をしていて、ガラス全体を格子状に細い針金で割れないように防いでいる。磨かれた錫製のロケットの上部にピストルのレバーのようなものがついていて、そこには「NIPPON TANSAN GAS CO.,LTD」と刻印されている。鉛の薬莢のようなガスカートリッジを装填し、ボトルにはこだわりの水を入れ、カートリッジでガスを注入してからボトルを振ると、ソーダが一丁上がり。ウイスキーをグラスに注ぎ、サイフォンのレバーを引くと、爽やかな音とともに、オリジナルソーダが飛び出してくる。

市販瓶入りソーダは開栓すると、たちまち気が抜けてしまうが、このソーダ・サイフォンは明日の為に冷蔵庫に入れておけば、使う時にもう一度良く振ってから出せば、勢い爽やかなソーダが復活。

さてと…今夜は、サトウキビから作る蒸溜酒『ラム』を、彼のラオスで、それも超高級ラムであるアグリコールの生産に成功した、日本男児ロマンの結晶『ラオディ』のソーダ割りと行きましょうか…。

夜半《よわ》の冬ラムにソーダを注ぐ音

高倉健とクリント・イーストウッド

今話題の映画、高倉健『あなたへ』は、富山の妻に先立たれた老刑務官が妻の遺言で故郷の平戸にキャンピングカーで一人散骨に行く物語。大嵐の翌日、故・大滝秀治扮する老いた漁師が、輝く朝日を浴びて散骨の為に船を出し、無事港に戻ってきたとき、我らが健さんに「久しぶりにきれいな海ば見た…」と朴訥に一言。その後は暫く健さんのアップが続く、この映画のクライマックス。永年のコンビである降旗康男監督の慈しみに満ちた目線で健さんの年輪を重ねた横顔を敢えて、長々と映し出す。

6年ぶり205本目の映画だが、セリフは限りなく少なく、話してもぶっきらぼうな〝ぼそーッ〟とした感じであるが、そのスクリーンでの存在感は圧倒的。東映やくざ路線『昭和残侠伝』の花田秀次郎の長ドスを握りしめ「死んでもらいます」以来60年、今年81歳。アップでは寄る年波は隠せないが、すくーっと立った姿や遠くを見る姿にはオーラが漂ってくる。

海の向こうに転ずれば、80歳を過ぎても健在のハリウッドスター、クリント・イーストウッド。健さんより1歳年上の82歳であるが、まだ話題作を作り続けている。懐かしい人気テレビ西部劇『ローハイド』のロディ以来、マカロニウエスタン、人気シリーズ『ダーティ・ハリー』のハリー・キャラハン刑事。マグナム44で憎き悪漢たちをコテンパンにやっつけるアウトローを演じた。監督作品も多く『許されざる者』、『ミリオンダラー・ベイビー』、ラオスの若者を助ける感動的傑作『グラン・トリノ』を最後に残念ながら監督業に専念するとうわさが流れている。しかし、8月末のアメリカ共和党大会のロムニー大統領候補応援スピーチでは、長身にタキシードをピシッと決め、軽妙な寸劇を交えて応援スピーチをしていてまだまだ現役での活躍が期待できそうである。

健さんにしてもイーストウッドにしても、最新スクリーンの大画面でのアップでは施しようもない年輪が肌に刻まれているが、その深い年輪一つ一つに厳しく逞しく生きてきた人生を感じさせてくれる。

年輪を重ねし皺《しわ》や秋の酒

コン・ティキ号の大冒険

ポリネシアのタヒチに渡り、絵を描き続けたフランスのポール・ゴーギャンが１８９８年に描いた名作『我々はどこから来たのか 我々は何者か 我々はどこへ行くのか』を以前、東京国立近代美術館で壁一杯の大作を目にして、驚愕そして感動。そのゴーギャンが問うている命題、「我々」の意味は、我々人間のルーツと未来を問うているのか、ポリネシア人のルーツを問うているのか定かではない…。

ゴーギャンがこの大作を描いた約50年後、当時ポリネシア人のルーツは謎とされていたが、ノルウェーの人類学者で海洋生物学者のトール・ヘイエルダールがオスロ大学を卒業後、現地調査を行い、その結果、南米ペルーにある石像とポリネシアにある石像が類似していること、植物の呼び方が似ていることなどを踏まえ、ポリネシア人のルーツは南米にあると論文で発表した。しかし、古代数千年前の海洋技術では不可能という理由でこの説は学会から無視され続けるのである。それでも、ヘイエルダールはめげずに、1947年南米のバルサ材に竹や麻など自然の材料のみで、インカ時代の船を模した「筏《いかだ》」のコン・ティキ号を建造し、5人のクルーとオウムと共に、ペルーからポリネシアへの大航海に挑戦するのである。コン・ティキとはインカ帝国の太陽神・ビラコチャの別名である。

こんな胸を躍らされる大冒険が、『コン・ティキ』という素晴らしいノルウェー映画となった。ペルーのカヤオ港より漂流を開始し、フンボルト海流にのって西進し、102日後の8月7日にツアモツ諸島のラロイア環礁に漂着。その距離4300マイル（約8000キロ）に及び、クジラやサメとの遭遇と格闘、クルーの人間模様が克明にドラマティックに描かれている。因みにヘイエルダールはカナヅチ、つまり一切泳げなかったそうだ。

一行は現地人に大歓迎され、美女をはべらせ「マイタイ」を飲み、連日のタヒチアンダンスでの大パーティ。クルーの一人は永住したそうだ。何と痛快で羨ましい生き様…。せめて今日は「マイタイ」でタヒチを味わうとするか…。

夕立《ゆだち》来てマイタイ飲んで雨宿り

小林一茶考

お盆も過ぎた晩夏。炎熱の太陽がまだぎらぎら照りつける朝、御代田を出て上信越自動車道で一路信濃路へ。浅間連山を右手に、小諸を過ぎれば菅平高原、志賀高原とそれぞれの緑が濃さと深みを増してくる。野尻湖を経て信濃路に入れば、妙高、黒姫、戸隠、飯綱、斑尾の北信五岳の色濃い緑が、益々深い色を帯びてくる。冬場になると二メートルを越す日本でも有数な豪雪地帯となるのだが、この光り輝く深い緑からは想像もできない。

一茶は信濃柏原宿の貧農の長男として生まれ、3歳の時に生母を失い、8歳で継母を迎えるが、継母に馴染めず15歳で江戸へ奉公に出される。25歳のとき小林竹阿に師事して俳諧を学び、俳諧の修行のため近畿・四国・九州を歴遊し、39歳で故郷に父の看病の為帰省。父の死後、江戸に再び戻り俳諧の宗匠として名を成したが、50歳で終に故郷に帰った。柏原には一茶の生家が残されていて、木枯らしが吹きぬける雪深い厳しい暮らしを窺わせる。『是がまあつひの棲家か雪五尺』

帰郷2年後、一茶52歳で、28歳の「きく」と初婚、3男1女をもうけるが何れも幼くして亡くなり、「きく」も37歳で没。二番目の妻には武家の娘、田中雪を迎えるが、不甲斐ない夫に嫌気がさしたのか半年で離婚。しかし一茶はめげず、63歳で三番目の妻「やを」を迎え、娘「やた」をもうけるが、文政10（1827）年、柏原宿を襲う大火で焼け残った土蔵で65歳の生涯を閉じた。『やけ土のほかりほかりや蚤さはぐ』

「やた」は一茶の死後に産まれ、父親の顔を見ることなく成長し、一茶の血脈を唯一現在まで伝え、俳諧寺一茶記念館の隣の8代続く小林家の墓に引き継がれている。

2013年は一茶生誕250年。一茶の一生は不幸が重なり家庭的には恵まれなかったが、北信濃の宗匠として多くの門人に庇護され、優しさに溢れた二万句余りを残している。雑穀を主食にしては精力絶倫の一茶であるが、酒もすこぶる強く、呑兵衛ならではの俳句がいくつか残されている。『大火鉢またぎながらや茶碗酒』

それでは、僭越ながら一茶を偲んで一句…。

信濃路を一茶訪ねる青嶺《あおね》かな

おしんの大根飯

NHK朝ドラは、先回の「ジェジェジェ…」で人気を博した『あまちゃん』が話題になったが、昭和58年に放送された『おしん』ほど日本中を沸かせた朝ドラはないであろう。橋田壽賀子原作で、おしん役の小林綾子他、泉ピン子、田中裕子、今は亡き乙羽信子が出演し、明治・大正・昭和を生きたおしんの涙と感動でビデオリサーチ62・8％もの空前の視聴率を記録した。

この純日本的過ぎるおしんは日本だけにとどまらずインドネシア、フィリピン、台湾、ベトナム、アフガニスタン、エジプト、イランなど世界66か国で放送され、苦難に遭いつつも決して諦めないおしんの姿が、世界各国で人々の共感を呼び、「おしんドローム」という言葉を生み出したのだ。

昭和58年といえば日本経済もイケイケどんどん、毎夜銀座だ、赤坂、六本木と連日の朝帰りで、この国民的ドラマを見たこともない日々であったが、このおしんが、今秋映画となって30年ぶりに復活したのである。

約2500名もの応募者から主役のおしんに選ばれたのは宮崎出身のまだ9歳の濱田ここねちゃんで、撮影期間の52日、おしん同様、親元を離れて、芝居に打ち込んだそう。その演技の健気なこと可愛いこと…。口減らしのために奉公に出されることになったおしんが、雪の降る最上川を、母に見送られて、筏《いかだ》に一人乗って旅立つ有名なシーンでは、映画館のあちこちからすすり泣きの声が聞こえてくる。

「うめーな。おらーこんな白い本当の米飯《めし》初めてだァ…。いつも大根飯しか食ったことねえーっす…」と奉公先のみんなが食べた後のおひつから底に残ったお米を杓文字《しゃもじ》ですくって美味しそうに食べるのである。

その大根飯であるが、お米の量を増やして満腹感を満たすためだが、それを再現すると、大根を限りなく細かく菜切りにして、お米と一緒に炊くのだそうだ。今でいえば、究極のヘルシーダイエット食品である。

しかし、軟弱な呑兵衛にとっては、やはり大根はおでんに欠かせない。いよいよ季節到来である。

煮汁滲む熱し大根もう一献

「興福寺仏頭展」と居酒屋〔シンスケ〕

久々の小春日和の昼下がり、話題の国宝興福寺仏頭を見ようと上野公園の東京藝術大学大学美術館へ。春には公園一杯に華やかに咲きこぼれる桜の木々も、渋く枯れてセピア色の色合いが秋の深さを感じさせる。同大学美術館へ行くのは初めてで、由緒ある旧因州池田屋敷表門を右手に見て、大学へと続く銀杏並木は鮮やかな黄色に染まり柔らかい光に輝いている。

奈良興福寺創建１３００年を記念しての「国宝 興福寺仏頭展」。破損仏にも関わらず国宝指定を受けている「銅造仏頭」（白鳳時代）を主役に、興福寺の絵画・書跡から始まり、「板彫十二神将像」（平安時代）、そして仏頭を守るように展示されている木彫の傑作「木造十二神将立像」（鎌倉時代）など、日本美術史上の至宝が展示されている。

「銅造仏頭」は、天武14（685）年、亡き蘇我倉山田石川麻呂《そがのくらのやまだのいしかわのまろ》の弔いに造った飛鳥山田寺講堂本尊像の頭部で、鎌倉時代に興福寺再興時の東金堂本尊薬師如来像として迎えられたが、応永18（1411）年に被災紛失。しかし500年後の昭和12（1937）年偶然発見された。

頭部だけで1メートルにならんとする圧倒的大きさ。ゆったりと流れる眉、すずやかな目元、スーッと気持ちよく伸びた鼻筋、優美で品をたたえる口元、そして若々しくみずみずしい面相。微笑んでいるようでもあり、けれども、その中に威厳も感じる。まさに〝白鳳の貴公子〟だ。

同展はヴァーチャル・リアリティ技術を駆使して仏頭頭部の復元を試みた。当初は鍍金《ときん》（金メッキ）がされていたそうで、その気品溢れる優美な姿が大画面映像に再現され、会場は感激の歓声…。

何か癒された気持ちで美術館を後にすると、上野公園の木々も夕日に染まり、人々の影も長くなり肌寒さも感じる。上野の美術館に来ると必ず立ち寄るのは、東京居酒屋の銘店〔シンスケ〕である。紅葉が真っ赤に色づいている不忍池《しのばずのいけ》沿いを湯島方面にゆっくりと歩いていくと、杉玉（酒林）を吊るした玄関前にはもう10人程が並んで5時開店を待っている。さあ、今日は何をあてにキューッと飲むか…。

紅葉《もみじ》且《か》つ散る池の端宵の酒

幻のポール・マッカートニー

心地良い初夏の太陽が沈む5月17日、六本木から地下鉄大江戸線で心わくわく、ポール・マッカートニーのライブ、「OUT《アウト》 THERE《ゼア》 JAPAN《ジャパン》 TOUR《ツアー》 2014」日本公演初日の国立競技場に向かっていたのである。

「あれェ…、何でプラットフォームに中高年が多いんだろう? 何か昼間のイベントが終わったからか?」…と突然、マイクで「本日のポール・マッカートニー公演は、体調不良のため中止です。19日に延期でーす」。ビートルズ世代は品が良いのか無気力なのか、誰一人として罵声も大声も聞こえない。

まあ、急病じゃあしょうがないか、と来た道を引き返し、馴染みの自由が丘のイタリア料理店に。かなり混雑し、カウンター席の熟年カップルの横に席を取る。「あれ、こんな時間にどうしたんですか?」「マスターね、今日のポール・マッカートニー公演ドタキャン。その気になっていたんで参ったよ。えーと、まずビール。それと『生ハムとルッコラのサラダ』、『ボンゴレビアンコ』大盛り、『牛頬肉の赤ワイン蒸し』と、いつもの赤ワイン開けといて…」。すると、何と隣のカップルが「え、今日中止ですか。私たち明日ですが、明日はド快晴、ダイジョブでしょうネ…」。

ポール・マッカートニーは、ビートルズ解散後、1980年に武道館ライブのために来日したが、成田空港で大麻不法所持の容疑で現行犯逮捕、ツアーは中止となった前例がある。

今回はステージもしっかり設営され本番直前まで準備が整っていたが、ウイルス性炎症のためドクターストップ、開場30分前に中止となったのである。結局、日本武道館、ヤンマースタジアム長居も含め、日本公演は全て中止、そして初めての韓国公演までが中止となり、ライブチケットを購入した総勢17万人の期待に添えない結果となってしまった。

ポール・マッカートニーは厳格なベジタリアンで、熱心な環境保護活動家であるので、牡蠣や肉を食べてのウイルス性炎症ではないだろうが、日本との縁が薄いのか…。

ヘイ・ジュード歌声残る五月闇

茶の湯とミサ

大河ドラマで今話題の黒田官兵衛は、切支丹《キリシタン》大名である高山右近の影響でキリスト教に入信。晩年の号である「如水《じょすい》」という名前は、旧約聖書に登場する「ヨシュア（Josue）」からとったものである。

１５４９年、ポルトガルのイエズス会宣教師ザビエルによって伝えられたキリスト教は、秀吉が最初にキリスト教禁止令を出した天正15（１５８７）年頃には全国に45万人もの信徒がいて、特に高山右近の領地である摂津高槻では領民の８割が信者であったそうだ。

右近は利休七哲の高名な茶人でもあった。千利休の切支丹説は定かでないが、利休七哲の蒲生氏郷《うじさと》、牧村利貞は右近の感化によって切支丹となり、他の茶人もキリスト教の良き理解者であったことは間違いない。

「…茶の湯は日本ではきわめて一般に行なわれ、不可欠のものであって、我等の修院においても欠かすことができないものである…」(アレシャンドゥロ・ヴァリニャーノ著『日本巡察記』・平凡社刊)とも報告されており、キリスト教と茶の湯は、想像する以上に濃密な関係を持っていた。

千利休もミサ(礼拝)の儀式を見ていて、ミサという「最後の晩餐」の再現を茶の湯の中心に取り入れたのではないだろうか。茶室の「にじり口」は〝狭き門より入れ!〟という聖書の具現化で、茶室という空間で、全てを捨て去り、ただ主《あるじ》と客という関係の中で、ミサにおける司祭のごとく儀式を司っている。

〝キリストの体〟である種なし(無発酵)パンと〝血〟である葡萄酒はミサには欠かせないが、その当時は無発酵パンの代用として茶の湯の菓子である「麩《ふ》の焼」を使っていたようである。しかし〝キリストの血〟である葡萄酒は一体どうしたのか…。葡萄酒の無いミサなんて…。矢張りはるばるポルトガルから、船で葡萄酒を運んだのであろう。ポルトガルであるから、ポルトガルの地の黒葡萄セパージュ《品種》・テンプラーニョであったか…。

夏の朝十字に光る虹の色

シャルトルーズ修道院のリキュール

神田神保町の岩波ホール『大いなる沈黙へ』のロードショーは当日券を求めて長蛇の列。

フランスアルプス山脈の麓に建つグランド・シャルトルーズ修道院はカトリック教会でも最も厳しい戒律のカルトジオ会。修道士達は毎日を祈りに捧げ、俗世間から完全に隔絶された孤独の中で、何世紀にも渡って一生を清貧のうちに生活してきた。

これまで内部が明かされたことはなくベールに包まれていたが、ドイツ人監督フィリップ・グレーニングが１９８４年に撮影を申請し、何と16年後に撮影許可が下りた。しかし厳しい条件が付けられ、礼拝でのグレゴリアン聖歌以外の音楽、ナレーション、照明も許されず、監督一人カメラを抱えて6

か月を修道士と暮らした。そして5年後、完成した2時間49分にも渡る感動と深遠なドキュメンタリー映画は世界で反響を呼び、ようやく日本での公開となったのだ。

　雪に覆われた修道院の厳しい冬。聖堂の聖櫃《せいひつ》の赤い小さな明かり、繰り返される祈りと務め、修道士達の澄んだ眼差し。そして厳しい冬から春へ。青い空、流れる雲。草花が甦り、可憐なハーブ達が色とりどりの花を咲かせ、小鳥や蝶達が飛び交う。

　シャルトルーズ修道院は全て自給自足。実は、18世紀頃からカルトジオ会に伝えられた薬草系エリクサー（不老不死の薬）の一種、『シャルトルーズ』リキュールでも有名だ。映像には出てこないが、１９７０年以降は民間企業で製造されるようになり、詳細な製造法は、現在でも修道院の修道士３人のみが知る秘伝となっているそうだ。

　ブランデーをベースに、修道院近くで採れるクローブ、コリアンダーなど１３０種類のハーブを加え丁寧に蒸溜。ヴェール《緑》、ジョーヌ《黄》の2種類があり、ストレートでもカクテルでも良し。「リキュールの女王」とも称され、ジンベースのショート・カクテル「Alaska《アラスカ》」が有名。

シャンパーニュの開発者、ドン・ペリニヨン修道士もそうだが、高邁《こうまい》な僧侶は、罪深い呑兵衛の我々に対し、「百薬の長」を示し、救いの手を差し伸べているのであろうか…。

アルプスの頂《いただき》目指す雲の峰

インド映画考

『マダム・イン・ニューヨーク』『めぐり逢わせのお弁当』『バルフィ！人生に唄えば』と最近立て続けにインド映画を観ている。ハリウッドの向こうを張るボリウッドがある年間１２００本もの映画生産国、インド。映画と言えば、歌と踊りの矢鱈《やたら》に賑やかなド派手が定番であったが、経済成長と共に、内容もかなり洗練され『スラムドッグ＄ミリオネア』でアカデミー賞を受賞するまでになっている。

特に、どれも主演女優が大変美しく気品に溢れている。『マダム・イン・ニューヨーク』のシュリデヴィは、４歳で子役デビューし、インドのアイドル的存在であったが、結婚を機に女優業を休業。15年ぶりの女優復帰作となった。50歳とは思えない美貌と知性と品格を保ち「インド映画史１００年国民投票」の女優部門1位を獲得。

『めぐり逢わせのお弁当』の主婦役、ニムラト・カウルも艶やかでハリウッドでも注目されていて、相手役の寡《やもめ》、早期退職男を演じるイルファーン・カーンがまた素晴らしい。どこかで見た俳優…。そうです、昨年のアカデミー賞を獲得した『ライフ・オブ・パイ〜トラと漂流した227日〜』の大人になった主人公役である。決していい男ではないが、渋さが光る素晴らしい俳優で存在感を感じさせる。

『バルフィ！人生に唄えば』は、聾唖《ろうあ》であるが明るく生きる主人公バルフィが2人の女性の不幸な人生を好転させていく物語で、風光明媚なインド北東部のダージリンを舞台にミュージカル仕立てで描いた感動的ドラマ。愛情を受けずに育った女性を、2000年ミス・ワールド出身で、今最も輝くボリウッド女優のプリヤンカー・チョープラーが演じている。

インド映画では、右手で直接食べる食事シーンが必ず出てくるが、左手は「不浄」、右手は「浄」。右手で料理に触れて、調理された食材の触感を楽しむためなのだそうだ。トレーに盛られた美味しそうな様々な料理を、実に器用に、また見事に食べ尽くすのだ。

今宵は焼き立てナンとカレーをアテにインドビール『キングフィッシャー』と行きますか…。

ロードショーカレーをアテの良夜かな

ひまわり

　真夏の灼熱の太陽に、堂々と花びらを正面切って曝《さら》け出しているひまわりの姿は、凛々しいとともに健気さと寂しさも感じられる。

『ひまわり』と言えば、何と言ってもソフィア・ローレン主演の名画を思い出す。監督はヴィットリオ・デ・シーカ、音楽は『ティファニーで朝食を』、『ピンクパンサー』などで知られるヘンリー・マンシーニで、日本でもソフィア・ローレンのグラマラスで妖艶な魅惑により大ヒットした。戦争によって引き裂かれた夫婦の行く末を悲哀たっぷりに描いた作品で、劇中幾度か登場する地平線にまで及ぶひまわり畑の美しさと、もの悲しさが圧巻。ウクライナの首都キエフから南へ500㎞ほど行ったヘルソン州で撮影されたそうだ。因みに、ウクライナの国花はひまわりである。

ひまわりは元来北アメリカが原産で、スペインに渡り世界的に広がり、日本へは17世紀にもたらされて、現在では北海道から沖縄まで広く分布している。メジャーリーガーたちが、バッターボックスやベンチで、「ペッー」と唾を吐いて食べているのはひまわりの種（Sunflower Seed）。ひまわりの世界的種子生産量は、食用油の原料として、大豆、菜種、綿実《めんじつ》に次ぐ4番目の生産量があるそうで、多くはマーガリンの原料とされるが、サンフラワーオイル（Sun-flower Oil）として不飽和脂肪酸のリノール酸が豊かで非常にバランスの取れたヘルシーフードなのである。

そこまでヘルシーであるならば、ひまわり或いはその種で出来た酒は無いかとインターネットで東西古今をチェックすると、唯一、『本格焼酎 向日葵』（福岡・目野酒造）があった。残り8本との表示で、早速注文。先ずストレートで味わってみると、太陽を一杯に浴びた干からびた味で、テキーラをマイルドにしたテイストである。悪くは無い…、ではロックで…。

閑話休題。実は、35年ほど前、鮮やかなひまわり色のツーピースをセクシャルに着こなした生ソフィア・ローレンが、かつての大阪梅田〔旭屋書店本店〕での自著『ウーマン&ビューティ』サイン会に突然現れ、将に目の前に…。〝ドキ、ドキ、ドキーッ…ヤバイ!〟これは本当なのであります。

向日葵は直立不動で陽に向かふ

ロードショーの後で

今年も既に10月、残すところ後3か月余り。毎月10本ペースのロードショー鑑賞も今日のロバート・デ・ニーロ、アン・ハサウェイのニューヨークを舞台にしたお洒落な、これぞハリウッド映画『マイ・インターン』で96本目である。今年96本の映画を見たということは、1本の上映時間が2時間とすると、190時間約8日間、一睡もせずに只管《ひたすら》映画に没頭していることになる。還暦も過ぎ、貴重な日々を映画三昧とは言え、映画は総合芸術、様々な人生の疑似体験をさせてくれる。

今年は、正月7日のロシア映画『ガガーリン』を皮切りに、ハリウッドばかりでなく、邦画も勿論、フランス、イタリア、インド、中国、韓国などいろいろな映画を堪能している。作品を選ぶ基準は、インターネットでの映画情報を参考にしている。その中には評判の映画でも、実際はつまらないものが少なくなく、そのような映画に限って心地良く熟睡できるのである。

本年度アカデミー作品賞他3部門を取ったマイケル・キートン主演『バードマン』やクリント・イーストウッド監督『アメリカン・スナイパー』も衝撃的であったが、今年は古希をとっくに過ぎた往年の個性的演技派の活躍が目立っていた。冒頭のロバート・デ・ニーロ、『Dear《ディア》 ダニー君へのうた』のアル・パチーノ、『ボーイ・ソプラノ ただひとつの歌声』のダスティン・ホフマン。名優3人共に歳を重ねてはいるが、演技に無理がなく安心して観ていられる。特に、鑑賞後の余韻が心地良く、美味しいお酒が飲めそうだ。

ロードショーはいつも日比谷か銀座周辺で午後2時前後スタート、終演が丁度夕方4時前後となり、晩秋の陽も沈みかけ、罪の意識なくお酒を欲する時間となる。夕方3時や4時でもオープンしている店が少なく、いつもは、〔銀座ライオン〕、〔銀座サンボア〕か銀座3丁目ウオーキングバー〔MOD《モッド》〕に立ち寄るが、最近オープンした銀座6丁目〔ISE-UDON BAR《イセウドンバー》 伊勢物語〕が晴れてレパートリー入り。

今宵は、赤と黒に金色を基調とした同店の立ち飲みで、ポルトガルの誇る、火宅の作家・檀一雄がこよなく愛した赤ワイン『DAO・檀』ワインで…。

ロードショー余韻グラスに秋の宵

微生物と美術とノーベル賞

中央高速の談合坂あたりにさしかかると、鮮やかな紅葉に染まった晩秋の山々が、久々の秀麗な陽の光に耀いている。

今年も残すところあと少し、パリの同時多発テロなどの凄惨な事件で終わろうとしているが、そんな中で、我が国の大村智博士のノーベル生理学・医学賞受賞は痛快極まりない快挙である。韮崎市神山村で生まれ、「失敗を恐れるな」「真似をしたら人を超えることができない」を信条として励み、少年期より美術にも親しみ、日々鑑賞しながら厳しい研究の精神的な支えとしてきた。

韮崎インターから10分ほど、武田家ゆかりの武田八幡宮近くの山間に、博士が40年に渡って蒐集《しゅうしゅう》した絵画や陶磁器などの美術品を展示している韮崎大村美術館がある。2階建ての展示室には、女子美術大学との長い関わりの中で小倉遊亀《ゆき》、上村松園《しょうえん》、片岡球子、堀文子などの女流画家の絵を中心に常設展示、入り口付近には中川一政、梅原龍三郎、安井曾太郎、鈴木信太郎などの小品もさりげなく展示されている。

ワインレッドの壁と大きなガラス窓の建物からは、八ヶ岳が聳《そび》え、奥秩父連峰、霊峰富士が臨める。眼下に見下ろす中央道の先には、サントリーが世界に誇る「登美の丘ワイナリー」のブドウ畑が、上から段々に見事に紅葉し、太陽と自然豊かなこの地が、世界的な大学者の豊かな人間性を育んだのかと新たな感慨を覚える。因みに、大村博士は母校である山梨大学工学部発酵生産学科助手を務めていた時代があり、その時はブランデーの製法研究に従事していた。

微生物の働きは、ワインだけではなく、食品や医薬にも欠かせないが、19世紀中頃、フランスの世界的生化学者ルイ・パスツールも、微生物を徹底的に研究し、酵母が引き起こすアルコール発酵と細菌が引き起こす有害な発酵を区別し、低温殺菌法《パスチャライゼーション》を発見、ワイン造りに科学の光を当てたのである。大村博士も450種以上の微生物が生産する有用な天然化合物を発見し、世界の難病の救いとなったのだ。
ワインも日本酒もすべて偉大なる微生物の成せる業。それでは、今宵も良き発酵酒で一献と行きますか…。

見晴るかす葡萄紅葉が段々に

大相撲初場所

両国駅の改札口を出ると艶っぽい鬢付け油の匂いが仄かに感じられ、国技館を囲むように力士の大きな幟《のぼり》が寒風に揺れている。大相撲初場所四日目、正面入り口には入場を待つ相撲ファンでごった返している。

昨今の大相撲人気の沸騰で連日の大入り満員、桟敷席など滅多にチケットが入手できない中、久々の大相撲見物である。学生時代、アメリカンフットボールキャプテンの大先輩を筆頭に六尺にならんとする大柄熟年四人での桟敷席は、ちょっと狭すぎる。骨太の長い脚を折り曲げ何とか桟敷に座れば、もう十両取り組みは終わり、いよいよ土俵入りの始まりである。

満員の場内に入った瞬間、昨日の酒が残っているのか、照明で照らし出された土俵が浮いているように見え、異次元感覚に囚われるが、暫くすると目も体も慣れてきて、迫力溢れる大相撲の世界に。お茶屋さんの接待も甲斐甲斐しく、名物焼き鳥をはじめ盛りだくさんのおつまみと飲み物。先ずはトイレを気にしながらビールで乾杯である。

「ヨイ！ショーォー！」。艶やかで張りのある体、真っ白な綱と色鮮やかな前まわし、太刀持ちの雄々しさ。更に行司の絢爛豪華で鮮やかな衣装とそのきびきびとした立ち振る舞い。そして上を見れば紫の荘厳な大きな垂れ幕。その中で行われる白鵬の横綱土俵入りは、場内を一体化させ観客を魅了させる。

江戸時代の雷電、谷風から続いている大相撲は、やはり日本人には欠かせない文化であることを思い知らせてくれる。この日本の国技で、十年に渡って日本力士が本場所優勝していないが、今場所は琴奨菊が見事に十四勝一敗での優勝である。

今場所は茨城県牛久出身の稀勢の里に期待が込められ、二階席には稀勢の里の大応援団。「稀勢の里、稀勢の里…」と団扇で音頭を取って栃ノ心との一番の大応援であるが、大柄の稀勢の里があっけなく土俵に転がされ、早くも優勝戦線脱落。しかし、ダークホースである九州・柳川出身の新婚大関琴奨菊は、肌艶も良く元気一杯。制限時間一杯のイナバウアー（昨今は〝コトバウアー〟と呼ぶそうである）がより形良く撓《しな》っていた。

初幟鬢付《はつのぼりびん》け匂う国技館

ヘミングウェイの〈モヒート〉

地球温暖化の影響か、5月ともなると、からっと澄み切った空に眩しく強い日差しが降りそそぎ、いよいよ生ビールが美味しくなる季節の到来であるが、銀座通りの照り返しが強い昼下がりには、ちょっと洒落たバーでラム酒が欲しくなってくる。ラム酒を飲むと頭が心地よいハイ状態になるが、下半身はどう言う訳か冷静で落ち着いていて、流石カリブの陽気な酒なのである。

ラム酒は、西インド諸島が原産で、サトウキビの廃糖蜜または搾り汁を原料として造られる蒸溜酒。サトウキビに含まれるショ糖を酵母でアルコール発酵させてエタノールに変えた後、蒸溜、熟成することで造られる。糖蜜から造るラムを「インダストリアルラム」、サトウキビを絞ったジュースをそのまま発酵醸造するタイプを「アグリコールラム」と呼んで区別している。

ラム酒と言えば文豪アーネスト・ヘミングウェイを思い出す。彼が大好きだった〈フローズンダイキリ〉はクラッシュアイスにラム酒をダブルで、そして糖尿病を気にしていたのか砂糖は抜きで、グレープフルーツジュースを入れる。〈ダイキリ〉はキューバの鉱山ダイキリで働いていたアメリカ人技師が、灼熱の土地柄から清涼感を求め、キューバ特産品のラムに、ライム・砂糖・氷を入れて飲んだのが始まり。

ハリウッドのヒット映画『パイレーツ・オブ・カリビアン』シリーズのジョニー・デップ演じるジャック・スパロウ船長は、カリブの海賊が好んだラム酒が大好物。この映画の大ブームのおかげで、イギリスではラム酒が飛ぶように売れ、〈ダイキリ〉、〈モヒート〉、〈マイタイ〉、〈ピニャコラーダ〉、〈ラムコーク〉といったラムベースのカクテルが飲まれ、ラムの消費量は前年比倍増であったとのこと。

呑兵衛ヘミングウェイは、ヴェネチアの〈ハリーズバー〉をはじめ、世界いたるところのバーに出没し、いろいろなカクテルを残しているが、〈モヒート〉にミントを大量に入れ、葉っぱだけとはいわずに、茎までも投入するのがヘミングウェイ流。

俄かに空が掻き曇り、早や今年一番の夕立ち。それでは、雨宿りで、〈モヒート〉と行きますか…。

夕立を避けてバールのミントの香

世界で最も美しい本屋とポートワイン

ユーラシア大陸の西の果てポルトガルの北、ポートワインの故郷ポルトは10月とはいえ、真夏を思わせる陽射しが、とんでもない急坂の石畳を照らしている。

リスボンも坂道が多いが、ポルトの坂道は半端ではない。その石畳の坂に沿った町並みは、色とりどりのアズレージョ（装飾タイル）で飾られ、個性あふれるセンスで町全体がまさに美術館。特に、世界で最も美しい駅のひとつとされるサン・ベント駅には約2万枚のアズレージョが飾られている。

駅に沿った旧市街に並ぶ歴史的建造物を抜けると、一軒の本屋〈レロ・イ・イルマオン〉がある。その小さな入り口を目指して、国際色豊かな老若男女の長い行列が続いている。「世界で最も美しい本屋」と世界的に評判の本屋なのである。

教会を想わせる荘厳な造りは、レトロなネオゴシックスタイル。見物料として3ユーロを支払うのだが、本を購入した場合は10％の割引をしてくれる。行列に並んで中に入ると正面には優美な曲線を描く赤い階段があり、「天国への階段」とも呼ばれている。店内にはレールが敷かれており、書庫から木製カートに乗せて店内へ運んでくる。天窓のステンドグラスから降り注ぐ光に包まれた本が、壁一面に整然かつ知的に並んでいる。

古今東西の小説、詩、芸術、建築、政治経済からグルメ、ワイン、そして絵本までのさまざまな書籍が並んでいる。勿論ポルトガルの誇る御当地ポートワインの豪華本も並んでいる。イギリスの『ハリー・ポッター』のロケ地になったとのことで、さもありなん、と感心させられる。

イギリスと言えばポートワインが大好きだが、本屋を出て、石畳の急坂を下って行くとポートワインのセラーが集まるドウロ河のガイア地区に至る。ガイアの河底から高い鉄橋のドン・ルイス1世橋を見上げれば、雲一つない青空が広がり、世界各地からの観光客でごった返し、河べりに並ぶオープンテラスでビールやワインを傾けている。

まだ夕食には早すぎるが、ここは、折角ポートワインの故郷に来たので、食前酒としてホワイトポートでポルトの夜のスタートとしますか…。

爽やかに坂道を行くポルトかな

沈黙 ―サイレンス―

巨匠マーティン・スコセッシ監督が28年の歳月を経て完成した遠藤周作原作『沈黙―サイレンス―』がいよいよロードショーされた。世界20カ国以上で翻訳され、『第三の男』脚本のイギリス作家グレアム・グリーンに絶賛され、ノーベル賞にも推挙された名作の映画化である。

超大型スクリーンには薄い雲に覆われた空が映し出され、遠くから聞こえる海とわずかな自然界の音のみ。はるか彼方から拷問を受けるキリシタンの呻《うめ》き声がかすかに聞こえてくるようで、重々しい3時間に及ぶ超大作のスタートである。

江戸初期の長崎。激しいキリシタン弾圧の中で棄教《ききょう》したとされるフェレイラ神父の真実を確かめるため、日本にたどり着いたポルトガルの若きイエズス会士ロドリゴとガルペ。その目に映ったのは想像を絶する弾圧の中での貧しいキリシタンたちの苦悩と惨状。ロドリゴはガルペと別れ、一人五島列島をさ迷い朦朧《もうろう》とする中、〝転びキリシタン〟のキチジロー（窪塚洋介が好演）により、長崎奉行所へ密告される。

井上筑後守（イッセー尾形が大好演。アカデミー賞助演賞候補？）は日本の大地からキリスト教を根絶するため、最後のパードレ（神父）であるロドリゴに対し、非情で冷酷なあらゆる手を尽くして棄教を迫る。踏み絵をしてもなお残酷な拷問にあう信徒たちを目の当たりにして、何故神は沈黙するのかと嘆き、追い詰められ、ついに棄教に至るのであるが…。

シーンと静まり返った満席の館内後部座席から、堪え切れぬ声が漏れるほど、確かに緊張と重圧を強いられる。しかし、ラストでロドリゴが日本名・岡田三右衛門として命を終えるとき、掌の中にあるのは小さな小さな素朴な擦り切れた十字架らしきものが握られているシーンがそっと映し出される。

「主よ、あなたは何故、黙ったままなのですか…」「いや、私は沈黙していたのではない。一緒に苦しんでいたのだ」

ところで、キリスト復活の記念であるミサには、パンと葡萄酒が欠かせないが、あの時代、果たして葡萄酒は何処から…。今宵は『沈黙』の余韻をカベルネ・ソーヴィニヨンで…。

早咲きの椿に染まる耶蘇《やそ》の島

赤い水玉 草間彌生展

地下鉄乃木坂駅を降り、桜並木を六本木に向かうと、二・二六事件ゆかりの旧歩兵第三連隊兵舎が一部保存されている全面ガラス張りの国立新美術館が見えてくる。入口広場の高く伸びた欅《けやき》や楢《なら》の樹々の幹に、鮮やかな赤い水玉模様のカーテンが巻かれていて、まさに草間彌生のオーラが既に醸し出されている。

デビュー以来世界を舞台に活躍してきた〝日本が生んだ最も傑出したアーティスト〟「草間彌生 わが永遠の魂」と題した創作活動の集大成である。代名詞の水玉、モノクローム のネット・ペインティング、男根状の突起を張り付けたソフト・スカルプチュアなどが、天井の高い広い会場一杯に展示されている。圧巻は、まるで天国の入口に着いたかのように感じる「Infinity《インフィニティ》

Room《ルーム》（無限の鏡の間）」。

　１９２９年長野県松本市の種苗業を営む裕福な家に生まれ、幼少よりスケッチなど創作に励んできたが、幻覚や幻聴に襲われ、そんな症状から逃れるために水玉の幻想的な絵画「ドット・ペインティング」で自己表現するに至ったのである。その幻覚症状を芥川龍之介と同じ統合失調症と診断したのは、精神科医・西丸四方で、草間彌生の絵画に感銘を受け、生涯における良き理解者となった。

　１９５７年単身でニューヨークに渡り、パートナーとなるジョゼフ・コーネルとボディ・ペインティング、ファッションショー、反戦運動など過激なパフォーマンス「ハプニング」で話題を呼ぶが、ジョゼフの死で１９７３年活動拠点を東京に移し、絵画だけではなく小説や詩を多数発表。１９８３年には『クリストファー男娼窟』で、第十回野性時代新人文学賞も受賞している。会場内に設置された大型映像には、大きなキャンバスにひた向きに原色の赤やピンクの水玉を描き込んでいる姿がアップで映し出されている。あれェ、どこかで見たような…そう、樹木希林にそっくりである。
桜も散り始め、晩春の陽が柔らかく降り注ぐ昼下がり。情熱的ではじける
ような水玉に包まれていると、乾いた喉には、やはりスパークリングワイン
か…。今日はスプモーニュ（イタリア語で泡立てるの意）といきますか…。

樹の精や赤い水玉春を呼ぶ

早慶戦今昔

「若き血に燃ゆる…陸の王者慶応！」「紺碧の空…早稲田早稲田！」

5月晴れ満員の神宮球場は両校の応援で熱気むんむん。昨日の一回戦は慶応の満塁本塁打2本で、早稲田は無残な敗退。今日も負けると慶応の久々のリーグ優勝を眼前で見ることになり、早稲田としては絶対に一矢を報いねばと背水の陣である。

思い起こせば、一昔前の早慶戦と比較すると、デジタルとアナログのように決定的に応援の仕方が違う。先ず、慶応応援団には、大きなミッキーマウスの看板が無い。早稲田にも、お馴染みのフクちゃんの大きな看板が消えている。これも商標権の問題で致し方ない問題であろうが寂しい限り。その代わり、ビートの効いたリズムとピチピチアーガールの切れのいい動きに合わせて、激しく踊りまくっている。

早慶戦となればチケットがなかなか手に入らず、前日から麻雀セットを持ち込んで入り口付近にならび外野席でも確保したものである。その当時、外野席は芝生のままで、仲間と一升瓶を持ち込んで、スルメやイカを肴に午前中から大宴会。午後1時の試合開始にはみんなへべレケ。ある強者は、酔ったついでにバックスクリーンによじ登り、てっぺんから大声で「あにき…元気かー。」と、NHKのテレビカメラに向かって手を振っている。「おい危ないからやめろよ。」と引きずりおろそうとすると、「札幌にいる兄貴に挨拶してるんだ！」

早稲田にチャンスが巡ってくると、応援団指導の下、「さぁー、みなさん、タバコを吸って一斉に、煙を吐いてください。慶応を「煙《けむ》」に巻きましょ！」煙が大きな塊となり、一斉に天空に舞い上がる。今では到底考えられない馬鹿々々しさ…。

「おいおい、上から変な匂う汁が落ちてきたぞ…。」と上を向くと、バックネットの電線に神宮球場名物のハトが五羽一列に並んで悠々と休んでいる。「ウエー糞だよ、やられた。くせーなぁー。やばいよ。退散、退散…。」戦果は早稲田の大逆転大勝利、「早稲田の栄光」でいざ乾杯！

紺碧の空に夏雲鳩の糞

小百合さーん、覚えてますか…

気象庁は3月17日午後、靖国神社のソメイヨシノの開花を確認し、平年より大幅に早く開花宣言。今冬の厳しい寒さで、休眠打破（花芽が目覚める）がしっかりと引き起こされ、3月に入ってからは暖かい日が続き、順調につぼみが成長したからだそうだ。

まさに今、桜の季節に、満を持したように吉永小百合の120作目となる映画『北の桜守』がロードショーされた。『北の零年』『北のカナリアたち』に続く吉永小百合の「北の三部作」の最終章。小百合出演全120本中の大半は見ているサユリストとして、本作は久々の秀作で、小百合の健気さ、美しさが画面にほとばしり、涙腺をくすぐられる熱演で、久々の感動を与えてくれた。

堺雅人が息子役で共演し、アカデミー外国映画賞『おくりびと』の滝田洋二郎監督が、戦中から戦後にかけて極寒の北海道で懸命に生き抜いた母と子の30年にわたる軌跡を描いている。

思い起こせば、半世紀前、吉永小百合が早稲田第Ⅱ文学部に在籍し、我が薄汚れたバンカラ学生たちが、やれ、「あの、文学部201号室で授業を受けてるぞ——」とか「あの喫茶店によく来るぞ…」、「あの立ち食いそばで授業前に食べるんだってさ…」などの情報をもとに、よく待ち伏せしたものだ。

秋の早稲田祭。文学部横の体育館前広場には、前夜祭のイベントで多くの学生たちが集まり、仲間たちと談笑していると、一瞬その場だけフラッシュが焚かれたような輝くオーラが漂い、紛れもない本物の吉永小百合が現れたのである。吐息の聞こえるほどの近さで、訴えるような眼差しでじっと見つめられると、「さ：ゆり…さ：ん：」と、彼の憧れの小百合を独り占めの気分。後で友人曰く、近視の女性は目がいつも潤んでいて、「小百合もかなりの近視なんだよ。その気になるな、馬鹿！阿呆！」

『北の桜守』の小百合さんは、20代から70代までを演じきって、アップでの美しさは早稲田キャンパスでの出会いと変わらない。鶴瓶の居酒屋での熱燗を飲む姿もゆったりまったり、美味しそう…。

盃に映る花びら北の星

神長官守矢史料館 空飛ぶ泥舟と高過庵

西日本の想像を絶する水害、東日本は梅雨明けの烈暑が続く「海の日」を挟んだ連休、念願の諏訪大社近くにある古代から諏訪大社上社の神官だった守矢家の『神長官守矢史料館《じんちょうかんもりや》』へ。その足で、一路長野を横断、諏訪から蓼科《たてしな》、白樺湖を経由する山越えで浅間山の麓、西軽井沢御代田のログハウスに向かった。

混雑を予想して早朝に家を出たがもう既に首都高速から中央道の入口まで渋滞。中央道に入っても談合坂までトイレや昼食の為にパーキングエリアに入る長い車の列が長々と続いて、阿弥陀堂でやっと昼食をとったのが、「ヤレヤレ!」出発から5時間の午後1時。

諏訪インターを下りて20号線を上諏訪に向かうと、屋根から木を突き出させている奇想天外な形をした建物がお目当ての守矢史料館である。当地で生まれた建築史家兼建築家で、東京江戸博物館館長の藤森照信先生のデザイン。建築材料は地元産に拘り、諏訪の自然と中世の信仰を組み込んだモチーフである。

１００円の入場料を払い靴を脱いで中に入ると高い土壁一面に30頭にもなる鹿の頭部が飾られ、その下には白兎の串刺しとその内臓そして盃が展示されている。これは毎年4月15日に行われる諏訪大社の奇祭「御頭祭《おんとうさい》」の江戸時代まで行われていた大饗宴の再現なのである。

神長官守矢史料館を山の方に上っていくと、藤森照信先生発想デザインの茶室「空飛ぶ泥舟」が空に浮かんでいて、下から見ると将に空を飛んでいる。更に左に回り込んで畦道を歩いて行くと、高い木の上に鎮座している茶室「高過庵《たかすぎあん》」が見えてくる。アメリカのＴｉｍｅ誌に「世界でもっとも危険な建物トップ10」に選ばれた由緒正しい建築物なのだ。因みに1位はあのピサの斜塔だそうだ。

濃い緑に囲まれた諏訪の山々、紺碧の空にもくもくと湧き上がる入道雲、蓼科を越え白樺湖、上田そして東御《とうみ》まで。夕陽に映える信州の山々を眺めながらの露天風呂と冷え冷えのビール…果たして日暮れまでに間に合うか…。

冷房をつけて窓開け信濃路を

旅と出会いと驚きと

菜の花畠

今年は全国的に雪、雪、雪…。週末の浅間山の麓、御代田のログハウスも、チェーンをつけなければ動きも取れない。さらさらと品のいい粉雪が降り続き、みるみる積もって道も真っ白。赤赤と燃えた暖炉がログハウスをやさしい暖かさで包み、ふと外を見れば、雪をかぶった木立が外灯に照らされ、銀色に輝く夢のような世界。Tシャツ一枚で、暖炉の火を眺めながら、焼酎のお湯割り、アテは馴染みの御代田の和食処の大将自家製「野沢菜」である。「ポリポリ、パリパリ…」と口中に心地よく響く歯ごたえとやや濃い塩加減が、焼酎にぴったり。限りなく血圧高位安定者には要注意であるが、なかなか止められない。

学生時代、スキーで野沢温泉の安い民宿に泊まったが、そこで必ず、朝昼晩の御飯のおかずとしては勿論、三時のお茶うけにも出してくれ、炬燵で番茶を飲みながらこれでもかと食べたことを思い出す。この野沢菜、菜の花の茎と葉とは、和食処の大将から聞いて初めて知ったのである。アブラナ科アブラナ属の葉物で、春には黄色い花を一杯に咲かせるあの〝菜の花畠〟となるのである。

菜の花畠に、入日薄れ、
見わたす山の端、霞ふかし。
春風そよふく、空を見れば、
夕月かかりて、におい淡し。

『朧月夜』　高野辰之作詞

高野辰之は「春の小川」や「故郷《ふるさと》」等も作詞した長野県飯山育ちの国文学者で、飯山の千曲川沿いの土手に広がる黄色い絨毯のような菜の花畠の素晴らしさを詠ったのである。

菜の花や夕陽が落ちる土手の道

御代田のログハウスから、上信越自動車道を一路北へ、飯山の菜の花畠に勇んで向かったのであるが、高速を降りて飯山への一般道は大渋滞。漸くたどり着いたころは、既に「入日薄れ…山の端霞深し…」の「朧月夜」状況そのもの。やはり、菜の花は、春の夕暮れにふさわしいのであろうか…。「菜の花や月は東に日は西に」「菜の花や　摩耶を下れば日の暮るる」与謝蕪村も、霞のかかった菜種月を詠んでいる。

菜の花の春のにおいを運んでくる心地よい風を肌に感じながら、目の前にどこまでも広がっている鮮やかな黄色い菜の花の健気なこと。この可憐な花を支える茎や葉が屈強だからこそあの歯ごたえのいい野沢菜ができるのか…。

真夏の夜空のスター・マイン

頭上の太陽がじりじりと、ミンミンゼミがミーンミーンと、かき氷が冷え冷えと、いよいよ夏も真っ盛り。クーラーが一般家庭に普及しだしたのは、大阪万博後の石油ショック頃であろうか。大きな屋外機を必要とした当時のクーラーは、狭い部屋の主役。クーラーの中に部屋があるようで、大きな音とともにとてつもなく冷えてしまうことも度々で、その後、やさしく微妙に寒さをコントロールしてくれるエアコンにとって代わるのだ。

クーラー普及以前は、風が部屋を通り抜けるように障子を開け放し、扇風機を回し、簾を垂らしたり、打ち水をしたり、また、突然の夕立がひんやりとした空気を運んでくれる。夕立の後は、からりと晴れ渡り、あちこちから「キキキ、ケケケ、カナカナカナ…」とヒグラシが泣いてきて、縁側に蚊取り線香を炊き始めるのを昨日のように思い出す。

暗くなると、近所の路地には縁台が置かれ、裸電球街灯の薄明かりの中で、冷えたアサヒスタイニービールをグイーッと飲みながら将棋を指したりしている。この頃はキリンビールの絶頂期で、技術力も品質も良いあの懐かしい軍艦旗旭日マークのアサヒビールが苦戦を強いられ、クーラーからエアコンに移行するとともにイメージ戦略やロゴマークを変え現在の人気へ繋げたのである。

「ド・ドーン」「アッ！ 始まったわ！ ねえねえ、早く早く」浴衣を着た可愛らしい子供たちが、下駄を「カラカラ」鳴らしながら逗子海岸に向かって急いでいる。東郷橋を渡れば、もうすぐ海岸。葦簀張りの海の家の前にはもうすでに沢山の人人人…。茅ヶ崎、鵠沼。平塚まで続く湘南海岸、江の島、由比ヶ浜と続く、夏の夜空に耀く花火大会の掉尾を飾るのが、伝統を誇る逗子海岸の花火大会である。

逗子海岸の右手、徳冨蘆花《ろか》『不如帰《ほととぎす》』で有名な浪子不動のある披露山の頂付近には、眼下に逗子湾は勿論、相模湾を一望できる石原邸が建っていて、涼しい風に打たれながら、美味しいビール片手の花火には絶好な立地。

「ドーン、ド・ドーン…。ワーッすごい。花火が一杯、綺麗…」夜空は花火で埋め尽くされ、将に〝星が満員〟。そうか、だからスターマインと言うのか…。例年であれば日本全国各地で夏の花火大会が行われるのであるが、東日本大地震のため、中止とか自粛となっている。本来日本の花火は亡くなった魂の慰霊で、是非真夏の夜空にスターマインで鎮魂を…。

大花火フィナーレ海に零れ落ち

紅葉　紫葉漬　三千院…

十一月の京都・大原は澄み渡る秋晴れでも、やはり昼間とはいえやや肌寒さを感じる。大阪での仕事も終え、ふと思い立って、宿泊先であるリーガロイヤルホテルから京阪電車に乗り京都三条でバスに乗り替え、紅葉見ごろの三千院へ。

京都、大原、三千院。デューク・エイセスが歌った『女ひとり』を思い出すが、この作詞がかの永六輔で、2番では京都、栂尾《とがのお》、高山寺《こうざんじ》、3番では京都、嵐山《らんざん》、大覚寺《だいかくじ》となっていて、語呂といい、ビジュアル溢れる表現といい、本当に洒落たもんであると、改めて感心する。

大原の里は、比叡山の北西山麓で、京都から福井への小浜街道筋にある。バスは大原盆地に向かって狭い道をくねくねと登って行き、終点の大原で下車。三千院に向かって続く呂川沿いの坂道の頭上には、覆わんばかりのモミジや切れ込みの深い可愛い小さい葉っぱのカエデが目いっぱいに紅葉している。

美味しそうな紫葉漬屋《しばづけや》が並び可愛い大原女が差し出す試食を「帰りにゆっくり…」と我慢して、恨めしそうに眺めながらゆっくり上ること15分。いよいよ三千院の山門である。三千院は、大原の里にある天台宗の門跡寺院で、最澄が比叡山東塔に建てた円融坊が起源。ここは山間の盆地にあるため、気温の寒暖の差が激しく、紅葉の色鮮やかさはことのほか格別。しんと静まった境内には、杉木立と敷き詰めたスギゴケに散り落ちた赤や橙の色模様。すっかり幽玄の境地を堪能して、呂川沿いの坂道を下り、お目当ての紫葉漬屋へ。

『紫葉漬』は、京都の3大漬物『千枚漬』『すぐき漬』の一つであるが、茄子、胡瓜、茗荷《みょうが》などを、大原の里の名産である紫蘇の赤い葉とともに塩漬けしたものから由来している。大原のあたりは水質もよく、盆地の地勢や気象条件などよい紫蘇が育つ土地柄なのである。

紅葉舞う呂川せせらぎ三千院

瞬時「ポケーッ」と、昨日今日の煩わしいことを忘れた心地よい昼下がり。

赤い緋毛氈の縁台に座って、呂川の紅葉のトンネルを行き交う人を眺めながら、紫葉漬をアテにビールの美味しいこと。

「モミジー、シバズケ、サンゼンイン・・・サケーニオボレタオトーコガ…」

晩秋の心地よい風が時折吹いてきて、燃えるようなモミジやカエデを呂川のやや勢いのある流れの川面に運び、踊るように跳ねるように、流されて行く。

御代田のログハウス

今年一番の寒さの中、一路、関越自動車道をひた走り軽井沢インターで下りると、澄み切った青空の中に雪にすっぽりと覆われた浅間山がキラキラ輝いている。あたりは一面雪景色。サングラスをかけなければ、眩しくて運転出来ない。山道の一般道には、前日の雪がまだ路面に残り、日陰では路面が凍結していて、注意深く運転しないとスリップしてしまう。

日本屈指の活火山浅間山の南麓、軽井沢と小諸の間にある御代田にログハウスを構えて一五年、週末に時間ができると一人でも息抜きにやってくる。気候は年間を通じて冷涼、降水量は少なく、自然が織りなす四季の変化に富んでいる。軽井沢から追分をすぎ、小諸へと続く浅間山の広大な裾野は、セザンヌの故郷エクス・アン・プロヴァンスのサント・ヴィクトワールを思わせる。

十一月にもなると、浅間山の頂には初冠雪が見られ、高原の冬は早足でやってきて、十二月になると静まり返った白銀の世界が一面に広がる。しかし、零下一〇度以下にもなる厳冬期には〝水抜き〟作業をしておかないと、水道管が破裂し水が使えなくなるとともに修理に大変な費用を要するのだ。

「シュ、シューシュー…」積もった雪を払いながらログハウスのドアを開けると、今まで聞いたことのない音が風呂場付近から聞こえてくる。慌てて冷え切った室内に入り、風呂場のドアを開ければ蛇口横の水抜き口から水が噴出…。義理の妹が先月来て以来だから「えーっ、まるまる1か月出しっぱなし…」。早速、妹に連絡すると、水抜き装置が調子悪く、業者立会いの下で外の元栓を閉めたとのこと。改めて業者に問い合わせると、最近不届きな愉快犯らしきものがいて、特に無人別荘の元栓を故意に開けるとのこと。後日、御代田水道課よりの請求金額は、何と、38万円也。御代田水道課に事情を克明に話した結果、町長特別決済で一件落着と相成った次第ではあるが…。

長閑で素朴な御代田にも不埒な輩がいるものである。
暖炉の薪がパチパチと心地よいリズミカルな音を立てて勢いよく炎を上げ、ログハウス全体がやっと暖かさを取り戻し、息をしてきたようだ。もうセーターは不要、Tシャツ一枚になってラキアをショットグラスでグィーと。暖炉の横の窓から外を見ると、しんしんと音もなく、品のいい雪が降り続いている。

暖炉燃え窓打つ雪やしんしんしんと

夜明けのスキャットとピンク・マティーニ

由紀さおりの『夜明けのスキャット』がブレイクしたのは1969年。東大安田講堂事件、アポロ11号月面着陸成功、時代は「大鵬・巨人・卵焼き」。テレビでは『8時だよ全員集合!』、コント55号と、行け行けドンドン…。日本中、みんな怖いものなしの高度成長期真っ只中であった。

あれから40年。世界的ジャズ・オーケストラ、Pink Martini とコラボを組んだアルバム『1969』がアメリカ、カナダでは音楽ヒットチャートで1位を記録するなど、世界中で大ブームを巻き起こしている。由紀さおりのデビュー年をテーマに、『夜明けのスキャット』を始め、『ブルーライト・ヨコハマ』『夕月』など当時のヒット曲を日本語で歌いあげているのだ。

リーダーであるトーマス・M・ローダーデールが米国の中古レコード屋で

偶然手にしたLPレコード『夜明けのスキャット』を聴き、その透明感のある歌声、ジャケットの美しいヴィジュアルに魅せられたことがきっかけ。日本の歌謡曲の斬新さや着想の良さに注目し、新たなワールドミュージック〝KAYOU―KYOKU〟として世界に発信した。

Pink Martini は都会的で洗練されたハーモニーを持つ12人編成グループ。国と言葉と時代を超えて、クラシックからシャンソン、ボサノバ、タンゴからジャズまで、とうとう歌謡曲も仲間入り。ここでもジャパン・クールなのである。グループ名が何と美味しそうでチャーミング。一体どの様なマティーニ？ マティーニであるからジンか、となるとビターを使ったピンク・ジンかジン・アンド・ビターか？

まあそんなことはどうでもいいか…。部屋の明かりを消し、仄かな蝋燭の光の中で、冷えたカクテルグラスに、ギンギンに冷やした、彼の美人の国エストニア・ウオツカ『ヴィル・ヴァルゲ』、それにグレナデンシロップを少々注ぐと、鮮やかな紅が『1969 夜明けのスキャット』のメロディとともに、ゆったりと滲み広がって行く。今宵は、ウオツカ・ピンク・マティーニと洒落込みます。

紅《くれない》がグラス漂ふ春の宵

越後長岡の花火

異様に不気味で重苦しい空襲警報のサイレンが頭上に響き渡ると、信濃川長生橋の左手から三尺玉がシュルシュルと夜空に高く昇って行く。「わーっっ…、凄い！　凄い！　三尺玉だ…」とあちこちから歓声が上がってくる。漆黒の夜空に金色一色の光が視界一杯に広がり、光が目の前にこぼれてくる。と、若干遅れて「ドォーーン」と内臓を突き抜けるような大轟音が轟き渡る。

越後長岡は軍神山本五十六の生まれ故郷。それが理由か、地方都市にもかかわらず一九四五年八月一日米軍による大空襲があり、数千人の犠牲者を出した。鎮魂の為に大花火大会が毎年八月二日、三日の両日長岡信濃川で行われている。

三尺玉の大きさは外径86㎝で重さは２００kg、打ち上げ高さは６００ｍにも達し、花火が開くと直径600mにも広がり、一日にたった二発しか打ち上げない。三尺玉の元祖は長岡で、地元ではプライドを込めて『越後の正三尺玉《しょうさんじゃくだま》』と言って他と一線を画している。

陽がとっぷり暮れる七時三〇分にスタートし、文字通り夜空に〝星《スター》が満員〟『スターマイン』の連発で、一時間半の「光と音の大スペクタクル」は興奮と感動の連続。長岡のスターマインは他の花火大会とは違い、迫力満点で、イタリア火山に由来してベスビアス・スターマインと呼んでいる。

長岡花火の掉尾を飾る中越大地震復興祈願「フェニックス大花火」は、花火の中心にフェニックス（不死鳥）が描かれ、幅2km、6箇所の打ち上げ場所から平原綾香の『ジュピター』に合わせ、超大型ベスビアス・スターマインがこれでもか、これでもかと打ち上げられ、ドラマチックなリズムとともに、夜空に色とりどりのパノラマを繰り広げる。

一晩で二万発もの花火が打ち上げられ、それにストーリー性を持たせ、更に音楽に合わせてドラマチックに演出する訳であるから、昨今は当然コンピューターが欠かせない。因みに、長岡花火の総合演出ディレクターは池端信宏さんで、往年の若大将加山雄三さんのご長男だそうだ。

降る光浴びて夏の夜響く音

サンチャゴ・デ・コンポステーラ

ほろ酔い気分で帰宅すると、8月に亡くなった中学以来の友人Y君の奥様から手紙が届いていた。生前のY君が奥様と二人、趣のあるバーのカウンターで『ギネス』を前に笑い声が今にも聞こえてきそうな笑顔一杯の写真とスペインのサンチャゴ・デ・コンポステーラの写真とが対になったカードで、裏面に納骨のお知らせと生前の感謝の言葉が書かれていた。

スペイン、ガリシア州のサンチャゴ・デ・コンポステーラは聖ヤコブ（スペイン語でサンティアゴ）の遺骸があるとされ、ローマ、エルサレムと並びキリスト教三大巡礼地である。今夏ロードショーで話題を呼んだ名優マーティン・シーン主演の『星の旅人達』はこの地を舞台にした感動的な映画である。カリフォルニアの初老の眼科医が、スペイン北部の巡礼地で急死した息子の思いをかみしめ、何を考え巡礼に臨んだのかを知ろうと息子の遺品と遺灰を背負い、８００㎞の巡礼に出る。途中、夫の暴力に苦しんだ魅惑的なカナダ女性、不調に陥ったアイルランド旅行作家、ダイエットに挑戦しているオランダ人達と出会い、フランスからピレネー山脈を越え聖地までを疑似家族として行動を共にする。

道程は険しく厳しいものであるが、地ワインやイベリコ豚のハムに舌鼓を打ち、牛追い祭りで有名なパンプローナの町や広大なカスティーリャ平原など旅そのものが至福に満ちている。クライマックスのサンティアゴ大聖堂の大香炉が堂内高く揺れる壮厳なミサ、スペイン最先端の岬フィニステレの雄大な自然、どれをとっても圧倒的な感動で、一度は是非行ってみたい気持ちにさせてくれる。

今年6月、久々の中学高校の同窓会で、Y君も元気そうにワインを飲んでいた。「…いつものポルトガルのダン・ワイン、リーズナブルで俺好みだよ。まだ少し残ってるから、無くなったら注文するから…」。あれから2か月。

横浜の教会での葬儀には多くの友人達が参列し、ひとしきりサンチャゴ・デ・コンポステーラの話しとなった。…と言うのも、Y君は国際線パイロットを引退後、2回もサンチャゴ・デ・コンポステーラに行ったのだそうだ。

秋深し友の笑顔にダン・ワイン

臼杵の河豚肝

木枯らしが吹きはじめ、コートの襟を立てる頃になると、鍋料理と熱燗が恋しくなる。鴨鍋もあんこう鍋も捨てがたいが、やはり河豚に勝るものはあるまい。大皿に薄く盛られた〝河豚刺し〟を、ひれ酒を呑みながらポン酢に浸けて食べる味わいは至福の時である。ただ、都心で食べる〝河豚刺し〟は、たとえ三、四人前でも、大皿模様が浮出る程、巧妙に薄く皿に盛られていて、一箸で大皿半分程、掬い上げてしまいかねない。

河豚と言えば下関が有名だが、豊後水道で獲れる臼杵の河豚は知る人ぞ知る感動の河豚料理。臼杵は石仏で有名な大分県国東半島にあり、キリシタン大名・大友宗麟の領地で海の幸と山の幸に恵まれ、古い武家屋敷とお寺に囲まれた風光明媚な町である。関サバ、関アジでも有名な豊後水道には、河豚の大好きな鮑やサザエが豊富で、黒潮の急激な海流が身をしまったものにしてくれる。

河豚刺しは繊維質が豊富で、身に歯ごたえがあり過ぎるため透けるほど薄く切るが、臼杵の河豚刺しは弾力ある歯ごたえをしっかり楽しむため、厚く切るのが特徴である。これを特製ポン酢に、なんと…小皿一杯の〝肝〟を贅沢に入れてほぐし溶かし、そこに臼杵産のカボスをたっぷり搾る。おもむろに箸で河豚刺しを豪快に掴み取り、大胆にもガバーッと〝肝入り特製ポン酢タレ〟につけて口一杯に頬張るのである。

「禁断の味」である〝河豚の肝〟は、海底付近の毒を含んだ細菌を食べる貝類などを河豚が食べ、肝臓に取り込むことにより、本来無毒な河豚が有毒になるとの説がある。それならばと長崎大学の研究グループが海底から隔離した閉鎖生簀を使い、食物連鎖を断った状態で約5000匹のトラフグを養殖したそうだ。結果、毒を持った河豚は1匹もいなかったとの研究成果が在るそうだ。果たして実現性は、そしてその味は…。

河豚料理にはやはり〝ひれ酒〟といきたいが、臼杵は阿蘇の伏流水を使った麦焼酎も捨てがたい。今宵は麦焼酎のお湯割りに臼杵のカボスをたっぷりと搾って……。

肝入りのタレで河豚刺し美味求心

御室桜ときぬかけの路

「ビィービィービィー…」早朝5時過ぎ、携帯電話の地震警報がけたたましく鳴り響く。昨夜は大阪・北新地で痛飲、ホテルのベットで寝込んだところである。テレビをつければ『オーガスタマスターズ』中継の真っ最中で、『淡路島が震源で、マグニチュード6・3。津波に警戒してください』のテロップ。ホテル9階の揺れは半端ではない。窓の外を見れば、信号機もビルも激しく揺れている。幸いにも大事には至らなかったが、興奮冷めやらず、やや二日酔いではあるが、目はパッチリ。外を見れば雲一つない久々の快晴。

やおらベットから飛び起き「よーし、京都に行こう。仁和寺の御室桜だ」。梅田駅から阪急電車に乗り、京福電車に乗り換え、御室仁和寺駅まで。碧く澄み渡る五月晴れのような絶好な日和。懐かしい路面チンチン電車は、老若男女の和洋アジアの観光客で寿司詰め状態。御室駅に到着すれば、駅から真っ直ぐつづく参道には、既に人人人…。

堂々たる仁王像の山門をくぐると、入場券を買う長蛇の列の最後尾にやっとたどり着く。「やれやれ、どのくらい待つのか、30分いや1時間位か…」と暑さの中で思案していると、法被を着た寺務風の人が通りがかり、勇気を出して聞いてみると、「ここは仁和寺宝物殿で、『御室桜』入場券は、ずっと先で受け付けています」とのこと。

将に兼好法師徒然草52段の「仁和寺に、ある法師…」の結びの言葉である「…すこしのことにも、先達はあらまほしき事なり」。つまり、少しのことにも、案内者に助言を求めるべきだ。今でも兼好法師の箴言が御室仁和寺に生きているのか…。

御室仁和寺には金堂前の染井吉野、鐘楼前のしだれ桜などが競って咲き、その中でも中門内の西側一帯に「御室桜」と呼ばれる遅咲きで、背丈の低い桜が、澄み渡った碧い空に映え眩いほど見事に満開。

世界遺産の御室仁和寺を後にし、石庭龍安寺を経て、金閣寺に至る約2・5キロメートルの「きぬかけの路」を歩けば、初夏のような陽気の中、陽に焼け、汗かき、喉渇き…。

ビール飲む泡の先には金閣寺

島崎藤村の馬籠宿

小諸なる古城のほとり
雲白く遊子《いうし》悲しむ…
「千曲川旅情の歌」

小諸は浅間のログハウスから近く、季節ごとによく訪れ、島崎藤村の記念館も度々訪ねている。しかし、島崎藤村と言えば馬籠宿で、藤村生誕の地である。

馬籠宿は県境の岐阜県に接し、長野県の端から端まで、約200キロ。五月晴れの連休の中、一路中山道を木曽に向かう。『夜明け前』の冒頭の「木曽路はすべて山の中である」の如く新緑の深い山々に囲まれた谷間にある。中山道69次の妻籠宿から続く43番目の宿場で、参勤交代や皇女和宮もこの宿場に滞在したのである。谷間の石畳の街道は、かなりの急坂で、両側に清冽な谷川の水の用水路が流れている。天保年間には本陣1軒、脇本陣1軒、旅籠18軒が軒を並べ、藤村はその名家本陣の息子として生まれた。9歳にして上京、銀座泰明小学校を卒業後、明治学院普通科に入学するのである。藤村と言えば、ロマン派の詩人として出発した『若菜集』がすぐ思い出される。

まだあげ初めし前髪の
林檎のもとに見えしとき…

しかし、やはり『夜明け前』こそが、藤村文学を代表する傑作であろう。ペリー黒船来航から幕末・明治維新の激動期を、信州木曽谷の馬籠宿を舞台に、父親をモデルにした青山半蔵をめぐる人間群像である。半蔵は平田派の国学に心酔し、封建制度の圧迫を脱し王政復古の実現に狂喜したが、維新後は西洋一辺倒の文明開化に失望し、狂気に陥り菩提寺に放火、座敷牢に押し込められて悶死するのである。

馬籠宿の坂道の途中に、藤村が生まれた本陣跡に黒い冠木門の藤村記念館がある。当時を偲ぶ膨大な資料や原稿を見ていくと、藤村の「親譲りの憂鬱」ともいえる暗い現実と、後の姪の島崎こま子との禁断の不倫事件など、浪漫詩人であるとともに、人間くさいどろどろとした島崎藤村を、還暦を過ぎた今、日も暮れかかった旅籠《はたご》で、木曽の地酒『七笑《ななわらい》』を飲みながら改めて考えてしまうのである。

冷酒や旅籠《はたご》の灯《あか》り点《とも》る坂

ギリシャのウーゾ

鬱陶しい梅雨も過ぎ、いよいよ日本列島も灼熱の真夏の到来である。灼熱と言えば、オリーブの仕事でよくギリシャに行っていたころ、エーゲ海を望むテサロニキの太陽は強烈で、真昼間の町は、人は勿論、犬や猫さえもシエスタ（昼寝）しているかのように、閑散としている。テサロニキはアレキサンダー大王の妹が住んでいたギリシャ第2の都市で、使徒パウロがヨーロッパで最初に布教活動をした地でもある。オスマントルコに占領された歴史を持つ城壁に囲まれた港町は、世界遺産に指定されているビザンチン風の異国情緒溢れる街並みである。

エーゲ海の蒼い海を臨む海岸の大きなオリーブの下では、肌もあらわに、老若男女が心地よさそうにワインやビールを楽しんでいる。昨今、経済破綻でEUの落ちこぼれのギリシャであるが、その主たる原因は、労働人口の25％も占めている異常な公務員天国で、ギリシャ人の本質は〝怠け者〟であること。国民の多くが早く年金生活に入り、このように昼間から何もせずにグタグタ…。オリーブはあり、ワインもフェタチーズもあり、海の幸にも恵まれていれば、わざわざあくせく働く必要もないのである。

そんなギリシャ人が大好きな国民的飲み物に、『ウーゾ（OUZO）』がある。ウーゾは潰したブドウやレーズンを原料とした蒸溜酒で、イタリア・グラッパやブルガリアのラキアの一種。原料の酒にアニスやコリアンダー、クローブ等のハーブ類を加え、銅製の蒸溜器で蒸溜され、数か月間貯蔵した後、アルコール分約40％程度まで水で希釈される。

ウーゾはアブサンやパティスと同じように水で割ると、気持ちよくみるみる白濁する。これはアルコールに溶けている油分が水と交わらないためである。この手の灼熱の太陽に合う蒸溜酒はどういう訳か、体が酔ってけだるくなっても、頭はすっきりしているのである。

眠れぬ熱い今宵は、ウーゾの水割りもいいが、グレープフルーツとトニックウォーターを入れ軽くステア、そしてレモンピールをグラスの上からキッーと搾って、「ウーゾティィーニ」と行きますか…。

炎熱の陽射し浴び受《う》くオリーブの葉

王府井の中国銘茶

　澄み渡った空に夏も終わりの太陽がまともに照りつける北京の天安門広場。１９８９年初夏、胡耀邦《こようほう》の死をきっかけに、同広場に民主化を求めて集結した学生、一般市民のデモ隊に対し人民解放軍が武力弾圧、多数の死傷者を出した事件から四半世紀。

　その当時、中国茶や食品の輸入で、中国各地に行く拠点としてよく北京を訪れ、一番の繁華街である王府井の入口にあった〔東来順〕で、一人新疆《しんきょう》の羊のしゃぶしゃぶで英気を養ったものだ。その頃は、まだ共産主義経済全盛で百貨店に入り商品を買うと、嘘ではなく本当に、商品を投げつけてきた。

　センチメンタルジャーニーで久々に訪れた北京。オリンピックを契機にその急速な発展ぶりには驚くものがある。天安門広場へと続く王府井は、銀座以上、ニューヨークの五番街か、シンガポールのオーチャードロードに似た高級ブランドショップ大街に劇的に変容し、〔ルイ・ヴィトン〕から〔シャネル〕、そして〔ユニクロ〕まで世界のトップブランドショップが目白押し。外国人旅行者をはじめ、中国各地からの億万長者らしき買い物客が集まる。であるからか、鄧小平以来の「限りなく赤い資本主義」を標榜する目敏《めざと》い中国商人は、世界的ブランド商品とともに、中国人が大好きな中国銘茶をしっかりとビジネスにしている。〔天福茗茶《てんふくめいちゃ》〕〔碧春茶荘《へきしゅんちゃそう》〕〔東安茶荘《とうあんちゃそう》〕等、重厚な入口を入れば、豪華絢爛な高級茶が見事に陳列されている。

中国茶と言えば、ジャスミン茶、烏龍茶、普洱茶《プーアールチャ》、龍井茶《ロンジンチャ》等が有名であるが、お茶は日本茶であれ紅茶であれ、みなツバキ科の木葉から作られ、その土壌、気候、育成、製法によって、ワインのように劇的に違ってくる。日本茶（緑茶）は摘んで蒸しただけの刺身のようなお茶で、紅茶やジャスミン茶は完全発酵茶、烏龍茶は発酵を中途で止める半発酵茶。因みに、烏龍茶というのは、茶葉を発酵させると「烏の様に真っ黒で龍の様に曲がっている」ことから来ている。高級茶の代名詞である「鉄観音」とは、福建省の険しい崖にへばりついているツバキ科の茶木が、遠くから見れば「真っ黒な観音様」に見えたから…。

青天の王府井《ワンフーチン》に浮かぶ雲

雪宵快眠

軽井沢の西、浅間山の麓御代田《みよた》の冬は零下の世界。東京を朝出発して昼過ぎ、ログハウスの中に入れば外より寒い冷凍庫。石油ストーブ、暖炉に火をつけ薪を目一杯くべて温めても、中々室温が上がらない。しかし、冷え切ったログ（丸太）も徐々に温まり、3～4時間後にやっと3～4度。夕刻になり、近くの温泉と食事に行き8時頃に小雪交じりの氷点下の外から帰宅すれば、部屋全体が柔らかく、心地良く、そして品良く温まっている。

夜も更け、外を見れば小雪が本格的な雪に変わっている。雪にもいろいろな種類があり、淡雪、薄雪、粉雪、細雪、どか雪、べた雪、ぼたん雪、綿雪。御代田のような標高1000メートルでは、やはり品の良い粉雪である。音もなく積り始めると、車の音も犬猫の鳴き声も何もかも世の中の雑音は積もる雪に吸収され、限りなく静寂な世界。燃える暖炉の火を見ながらウイスキーのオンザロック。ほろ酔い気分で温もったベットに入れば、バタンキューの即熟睡。薪で炊いたご飯のように、薪で沸かしたお風呂のように、何で暖炉の火の温もりはこんなに心地良いのか…。柔らかい暖かさと静けさの中で、いつもの嫌な夜明けのトイレも忘れて、目を覚ませば窓からベットに射しこむ朝の光。カーテンを開けると、早暁《そうぎょう》の朝日に、木々も野原も、森羅万象、煌めく細氷《さいひょう》（ダイヤモンドダスト）の眩しい白銀の世界。

一昔前、外資系広告代理店に新卒入社し、基本的に飽きっぽくぐうたらな自分を律する意味で、「石の上にも三年、何があっても文句は言わず、無遅刻無欠勤だぞ…」と心に堅く決めていて、確かに実践していた。が、しかし、三年目の冬の寒い夜、先輩に誘われ飲んで帰れなくなり、独身の先輩のアパートに泊まり、狭い部屋で爆睡。目を覚ませば十時はとっくに過ぎて外は銀世界。お昼頃、のこのこ出社すれば、上司の前で「寝すぎました…」と言えば、呆れ顔で、「ムムム…、暫くそこに立ってろ」と、直立不動で皆の席にお尻を向けて立たされたのである。
事ほど左様に雪の夜の眠りの心地良さは何物にも代えられないのでありま
す。

細氷が木々や野原を煌めかせ

ポートワインとヴィニョ・ヴェルデ

ポルトガルと言えば、種子島鉄砲とザビエルによるキリスト教伝来で、あれから既に450年。南蛮文化として日本に定着した言葉は数知れない。テンプラ、コンペイトウ、カッパに始まり先斗町《ぽんとちょう》（〝ポント〟は船の舳先を意味するポルトガル語）に至るまですっかり日本語になりきっている。

また、キリスト教のミサに欠かせないワインも、ユーラシア大陸の西の果てから、喜望峰、インド洋、灼熱の赤道を越えてはるばる日本に来たのだが、通常のスティルワインではもたず、酒精強化ワイン（Fortified Wine）のポートワインで、新しもの好きの信長や秀吉も、ギヤマングラスでさぞかし誇らしげに楽しんだことであろう。

このポートワインは18世紀、世界で初めて原産地呼称（DOC）の指定を受けたドウロ川流域（Porto e Douro）で生産されるワインである。

明治期日本のワインの先駆けとなったのは、壽屋洋酒店《ことぶきや》（現・サントリー）が1907（明治40）年に発売した、ポートワインに似せた甘味果実酒『赤玉ポートワイン』であった。今やジム・ビームを傘下に治め、世界のサントリーの土台を築きあげた商品としてその名を知られる。しかし、標章の国際登録に関するマドリッド条約により、サントリーもポートワインの呼称を止め、今では『赤玉スイートワイン』として発売され続けている。

ポートワインのドウロ地区の更に北、ミーニョ川一帯に広がるDOCヴィニョ・ヴェルデ地区には、アルコール分7%弱、自然微発泡の爽やかな白ワイン、ヴィニョ・ヴェルデ（グリーンのワインの意）がある。

日本を離れ鄙《ひな》びた漁村サンタ・クルスに住んでいた食いしん坊『火宅《かたく》の人』の著者・壇一雄は、「俺と同じ名前のワインがうまい！」とポルトガル中央部ヴィゼウの、ドライで力強く色の濃いダン（DAO）ワインがお気に入りであったが、散歩で海辺の市場に立ち寄り、生きのいい魚介類や鰯の塩焼きなどを見つけると、所詮呑兵衛の性《さが》、ギンギンに冷やしたポルトガルの国民酒ヴィニョ・ヴェルデを毎日楽しんでいたであろう。

栄螺《さざえ》焼く海辺のバールヴィニョ・ヴェルデ

大海原の酒呑み事情

空を見上げれば満天の星がゆっくりと動いている。太平洋のど真ん中、「アー、いい湯だな…」。ここはダイヤモンド・プリンセスの露天風呂である。

船旅の経験は、もう半世紀ほど前、学生時代に台湾の基隆《キールン》港から横浜まで、8000トンの今にも沈みそうなおんぼろ貨客船で一週間。冬の荒れ狂う東シナ海は、ロマンチックな船旅とは大違い。船酔いがひどく、吐くものも無くなり、胃の粘膜が切れて吐血。大波が船室を直撃し、大揺れに揺れて今にも海底に沈んでしまうような恐怖の連続。

もう船旅はこりごりと半世紀にわたって思い続けてきたが、この夏、英国船籍の豪華客船ダイヤモンド・プリンセスで、北海道サハリン10日間クルーズに乗り込んだのである。11万6000トン、乗客2500人、乗務員

1500人、将に18階建ての超一流国際ホテルがそっくり移動しているようなもので、お客の国籍も国際色豊か。

世界の料理を提供するレストランは和洋中の全部で6つ、お好み料理を好きなだけ。勿論バーはオーセンティックバーをはじめ、色々なタイプが5つ程。4か所のプールサイドにもバーカウンター。劇場、映画館、スポーツジム、さらにカジノもあり、全て至れり尽くせり。

ひとつの小さな町が突然出来上がった様なもので、10日間とは言えそれなりの国際的ルールが必要で、毎日夕食はドレスコードがある。通常はジャケット着用のスマートカジュアルであるが、ウェルカムディナーと船長主催のパーティの2日はフォーマルウェアで、ロングドレスの愚妻とともに久々にタキシードと洒落込んだのである。

ただ一つ、呑兵衛にとって残念なことは、お酒代が別勘定になってしまうこと。朝からのプールサイドのビール、カクテル、食事時の食前酒、ワイン、アフターディナーのウイスキーとかなりの料金。しかし、そこはエンターテインメントの極致、一日飲み放題で49ドル也。貧乏呑兵衛の性《さが》で、早く元を取らなければと、ついつい飲みすぎて連日の二日酔い…。

汐風が肌に絡まる星月夜

ハモン・イベリコ

マドリッドの10月は未だ日差しが強く、夜も7時過ぎでも明るい。街の至る所にあるバルやレストランは、オープンテラスになっていて、テーブル一杯に美味しそうなタパス（小皿料理）を並べ、ワイン片手に楽しむ客で賑わっている。オリーブとバケットは勿論、カナッペいろいろ。アイオリ（ニンニクと油のドレッシング）、イカ・リングフライのぶつ切レモン添え、アンチョビの酢漬け、ムール貝の煮込みなどを、バケットに付けたり、手でむしゃむしゃと…。よく食べよく飲み、まあ、よく喋ること…。

矢張りタパスに欠かせないのは、何と言ってもハモン・イベリコ（イベリコ黒豚の生ハム）。バルのオープンキッチンのカウンターから店内天井一杯に、1本10キロぐらいの熟成ハモン・イベリコ骨付き原木が、何10本いや

100本以上整然と吊るされ、それは壮観である。

飴色の濃い赤色ときめ細かな脂肪《サシ》が特徴で、白豚から作られるハモン・セラーノとは区別される。生産数はハモン・セラーノより非常に少なく、その飼育にも手間と時間がかけられ、出荷されるまでの熟成期間も長い。

イベリコ豚は主にイベリア半島西部に広がる〝デエサ〟と呼ばれるオークやコルクの林で放牧され、どんぐりの実などを食べて育つのである。その生肉を塩漬けにした後、余分な塩分を洗い流し、気温の低い乾いた場所に約2年から5年程吊るして乾燥・熟成させる。

ハモン・イベリコ最大の特徴は品良く照りのあるきめ細かな霜降り脂で、これが舌にとろける味と、口一杯に広がる香りを作り出す。口に入れたとたんに溶け出すハモン・イベリコの脂の融点は何と約37度。オレイン酸やビタミンB群も豊富な、実は大変ヘルシーな脂なのだ。

ハモン・イベリコやムール貝には、スペインが誇るビール『マオウ』、『クルスカンポ』、『サン・ミゲル』もいいが、今宵はスペイン北部カステージャの幻の銘酒、『RIBERA DEL DUERO《リベラ デル ドゥエロ》』でいこう。芳醇な香りとしっかりしたボディが、熱いフラメンコのマドリッドにぴったりだ。

生ハムとワインが踊る秋の宵

三柱鳥居《みはしらとりい》

「祇園の山鉾はノアの方舟が起源?」「モーゼは石川県に眠っている」「キリストの墓が青森にある」など、「日ユ同祖論（日本人はユダヤの消えた部族の末裔）」が昨今まことしやかに流布されている。

その一つを検証しに、北新地で痛飲し未だ酒の残った翌朝、京都の広隆寺に向かって嵯峨野線で東映太秦映画村のある太秦へ。秋晴れの、平日午前中は人影も少なく、綺麗に掃き清められた境内の紅葉が、秋の優しい日差しに輝いている。広隆寺は地名を冠して太秦広隆寺とも呼ばれ、聖徳太子信仰の寺である。平安京遷都以前から存在した京都最古の寺院で、右手の薬指を頬に当てて物思いにふける姿が有名な国宝彫刻第一号「宝冠弥勒《ほうかんみろく》」が祭られている。

広隆寺は帰化人である秦氏《はたうじ》の氏寺でもあり、堂内には秦氏夫婦像も安置されている。秦氏は、中国から持ち込んだ養蚕製絹の専門技術で富を築くのだが、その「蚕」に感謝して、太秦の地の木島坐天照御魂《このしまにますあまてるみたま》神社に奉祭した。それが、俗に「蚕の社」と呼ばれる養蚕神社で、広隆寺から徒歩五分の静かな住宅地の一角にある。

大きな鳥居をくぐりその奥へと進むと、鬱蒼とした木立が広がっていて、あたりが急に薄暗くなる。と…、突如、眼前に「三柱鳥居」が現れたのである。常識では二本の柱で出来ているのが「鳥居」であるが、この鳥居は三つの柱を組み合わせた特異な形で、真上から見ると三つの鴨居が正確な正三角形を描くように三本の柱が配置されているのである。

実は、秦氏は唐の景教太秦寺（ゾロアスター教寺院）の原始キリスト教徒で、三柱鳥居は三位一体〝父と子と聖霊〟を表現しているというのである。

さもありなん…。「義経チンギスハーン説」もあることだし…。よーし、まだ帰るまで時間があるし、牛若丸の鞍馬寺まで行って、貴船で紅葉を見ながら一杯と行きますか…。

せせらぎに紅葉且つ散る貴船かな

山笑ふ

関越自動車道を一路長野・軽井沢方面に向かうと、富岡あたりから山々の緑が増し、清清しい風景が眼前に迫ってくる。碓氷峠《うすいとうげ》を越える頃には、まだ頂き近くには雪が残っているが、息を吹き返したような浅間山が忽然と見えてくる。

俳句の春の季語に「山笑ふ」があるが、木々が芽吹きにかかる春の山は、霞の中で笑っているようで、駘蕩《たいとう》として心がなごむのである。季語で夏は「山滴《したた》る」「山茂る」、秋は「山粧《よそお》う」「山飾る」、冬には「山眠る」と言い、笑ったり、化粧したり、眠ったりする山の四季を、擬人化するのは日本人の季節に対する繊細さの現れである。

このように劇的に変化をもたらすのは、芽が出て若葉になり、青葉が茂り、紅葉し、そして落葉する落葉樹であるクヌギ・ナラ・カシワ等が主役。しかし落葉樹ばかりでは色鮮やかにはなれないが、引き立てるのはカシ・シイ・マツ・スギ・ヒノキなどの常緑樹で濃い緑の陰を織り成し、それに栗や柿やビワなどの果樹が加わって鮮やかで、そして艶やかな色合いを醸し出している。

活火山である浅間山の火口からは、白い噴煙が上がり、晩春の霞と一体となって漂う季節になってきた。サラブレッドの背の様になだらかに長く伸びる裾野には常緑樹と落葉樹が広がり、麓には水田と畑が長閑な里山の風景を作っている。

浅間山の裾野、軽井沢の西隣の御代田にログハウスを建てたのは二十数年前。その当時は浅間山を背にした里山が豊かに広がっていたが、昨今は減反政策によるのか、水田も干からび放置されたまま。驚くことに、突然あちこちに電柱が建ち、こ洒落た小綺麗な住宅が造成されてきている。

しかし、高原の自然の素晴らしさは何物にも代えがたい。早朝の散歩はいつも欠かさない。朝露に濡れた木々に、射し込む透き通るような陽光。夕ともなると、一風呂浴び、ベランダで、夕焼けに染まる浅間山を眺めながら飲む琥珀のビールの味はまた格別。初夏の香りも感じる爽やかな風がやさしく吹き抜ける…。

噴煙が雲に溶け入り山笑ふ

クールジャパンと秘境温泉

平日の昼下がり。和光と三越のある銀座4丁目交差点には、買い物袋を両手にいっぱい抱えた信号待ちの東南アジアや欧米の外国人観光客で溢れている。本年度の外国人観光客の数は1300万人を超え、15年前（2000年）の約500万人と比較すると、3倍弱のハイペース。銀座などの繁華街では、日本製の電気製品、化粧品、医薬品の〝爆《バク》買い〟で、銀座通りを我が物顔に闊歩している。

今や、お金持ち外国人のお目当ては、〝爆買い〟だけではなく、日本の秘境温泉まで押し寄せている。東京から上越新幹線で約1時間30分。上毛高原駅には大きなトランクを抱えた外国人の家族連れやカップルが降り立ってくる。「お待ちしてました…」と旅館番頭の〝揉み手仕草〟宜しく、旗を片手に、驚くなかれ流暢な英語で案内しているのである。またある東南アジアの一団には、中国語で話しかけ、大型バスに誘導している。

上毛高原駅から谷川岳の麓、「水上温泉郷 宝川温泉 汪泉閣《おうせんかく》」は、岳を望む渓流の一角にへばりつくように聳《そび》え建っている。木の香りが漂う広いフロントには、英語、中国語、タイ語、インドネシア語、日本語が入り混じって国際色豊か。外国語に慣れた従業員が、各々に部屋のキーを渡し、迷路のような建物を案内している。

渓谷を見下ろす部屋で浴衣に着替え、いざ、Reuters《ロイター通信》が世界ベスト6温泉に選んだ野趣溢れる大露天風呂へ。4月末、都会では桜も散って、初夏の陽射しが降り注ぐ頃、谷川岳の麓には、まだ雪が残っていて、谷川の両岸には遅咲きの梅と桜が健気に咲き揃っている。

手付かずの大自然にある宝川の流れの中に、「摩訶の湯」「般若の湯」「子宝の湯」「麻耶の湯」の4つの露天風呂があり、その広さは470畳、50mプール2個分程。勿論すべて混浴で、外国人も堂々と前を隠さず楽しんでいる。

「ヨーシ…、俺も日本男児！」とばかり手拭いを肩にかけ、粋がって、4つの湯を制覇したのだが、川の風はまだ冷たい。

湯上がりに、川沿いの竹林に設《しつら》えた宴席に行けば、熊汁も用意され、先ずは宝川で穫れた岩魚の骨酒で一献。

湯冷めして五臓に滲みる岩魚酒《いわなさけ》

長崎龍馬旅情

　前夜、博多天神でしこたま飲んだ五月晴れの朝、「ヨーシ、世界遺産登録予定のグラバー邸と坂本龍馬の亀山社中の長崎に行ってみよう！」と博多バスターミナルから高速バスに乗って一路長崎へ。

　海が眼下に迫る花と緑のグラバー邸の真横、大浦天主堂が新樹の中に堂々と佇んでいる。１８６５（元治２）年建立まもない天主堂は当時「フランス寺」と呼ばれ、美しさと異国情緒あふれるものめずらしさで付近の住民が数多く訪れた。フランスから赴任していたプティジャン神父のもとへ、突然住民十数名が天主堂を訪れ、「私共は神父様と同じ心であります」とささやき、自分たちが迫害に耐えながらカトリックの信仰を代々守り続けてきた「隠れキリシタン」である事実を告白した。武器調達でグラバー邸をしばしば訪れた好奇心の塊である龍馬も間違いなく訪れ、キリスト教にも関心を持ったことであろう。

龍馬が初めて長崎に来たのは、1864(元治元)年。勝海舟と共に訪れ、「海援隊」の前身である日本で最初の商社、亀山社中を長崎湾と市街を一望できる小高い山の中腹に創設したのである。龍馬をはじめ幕末の志士たちが駆け抜けたであろうことから「龍馬通り」と呼ばれ、かなり急な石段が続いていて、ツツジが見事に咲いている。

長崎と言えば卓袱《しっぽく》料理。唯一外国へと港を開いていた長崎ならではの料理だ。海老のすり身をパンに挟んで揚げた「ハトシ」、豚の角煮「東坡煮《とうば》」などハイカラな料理を、龍馬は「こりゃーうまいぜよ!」と志士たちと飲みながら、にぎやかに食べたことだろう。

さてさて龍馬と言えば妻・お龍。お龍によると龍馬は酒が大好きで、「酒量は量りかねます…」とのこと。今でいう「ザル」ってことで、さらに「龍馬はひと息に一升五合を呑み乾《ほ》して、息を吐く事虹の如しでした…」と伝えられている。

龍馬通りを下り、寺町、眼鏡橋、オランダ坂、中華街を過ぎれば思案橋のネオンが今かと迎えてくれる。さあ今宵は「何処で一献…」とぶらり思案橋で楽しい時間の始まりである。

ツツジ咲く龍馬通りや海迫る

京都の紅葉

地球温暖化の影響が京都の紅葉にも見られるようで、昨年の京都の紅葉は今一つであったようだ。

鮮やかに紅葉する気象条件は3つあり、日中の気温が20〜25℃、夜間は5〜10℃で、昼夜の寒暖の差が大きいこと。空気が澄んで葉が充分日光を受けられること。そして大気中に適度な湿度があって葉が乾燥しないこと。この理想的な紅葉化条件を満たしている通年の京都であれば、11〜12月初旬までが紅葉の季節であるが、確かに昨年は異常気象で、鮮やかな紅葉は見られず、すっかり色褪せてしまったようだ。

12月の初旬、桂川の渡月橋《とげつきょう》は雨にもかかわらず、外国人観光客で一杯。天龍寺の境内、夢窓国師《むそうこくし》の曹源池庭園《そうげんちていえん》を前にして、神妙な姿で庭に見入っている人や自撮りの人人人…。天龍寺では所々に紅葉は残しているが、借景の嵐山の紅葉は残念ながら終わっている。

しかし、天龍寺の塔頭《たっちゅう》寺院である宝厳院《ほうごんいん》は、将《まさ》に別世界、紅葉真っ盛りである。天龍寺の脇道の細い道を桂川方向にしばらく行くと、嵐山羅漢の杜があり、その右手に苔《こけ》むした茅葺《かやぶき》屋根の山門がひっそりと佇んでいる。山門前の小道には見事な紅葉の絨毯で、『そうだ 京都、行こう!』のテレビコマーシャルを見ている様。天龍寺の人混みとは別世界で、外国人観光客は皆無。土曜日にもかかわらず、日本人カップルもいない。

庭園「獅子吼《しく》の庭」は、嵐山の景観を巧みに取り入れた借景式枯山水庭園で、その名にある「獅子吼」とは「仏が説法する」意味とのこと。確かに、小雨の中、人っ子一人いない庭を散策すると、鳥の声、風の音が耳元に鮮やかに聞こえてきて、本当に心が癒される。また、青い苔の上に紅葉が散り且つ積もり、赤と濃い緑のコントラストも素晴らしい。

期間中は夜間のライトアップがあるそうで、さぞかし幻想的で幽玄な世界が広がることであろう。こんなところで、紅葉の散るのを見ながら、紅の一葉が白磁の酒器にひらひらと…。

是非一度、雅《みやび》な世界で一献楽しみたいものである。

紅葉《もみじ》且つ散るひとひらが盃《さかずき》に

夜神楽とかっぽ酒

♪雲に聳《そび》ゆる高千穂の
高嶺おろしに草も木も
なびきふしけん大御世《おおみよ》を
仰ぐ今日こそたのしけれ

この歌は、明治二一年から二月一一日の建国記念日に歌われる「紀元節」の国民唱歌。今年は神武天皇即位以来、皇紀二六七六年である。

博多駅前バスターミナルから九州縦貫道を走る、リクライニングシートとトイレ付き豪華高速バスで熊本を経由し、一路「九州のへそ」（熊本・山都町）へ。久々の冬晴れの中、平日午前中のバスの乗客はたった三人で貸し切り状態。宮崎・延岡《のべおか》に向かう国道二一八号線をひたすら走って、険しい山々の残雪の峰が続き、「あれが高千穂峡か、あっちへ行くと天岩戸か…、オー、あれが神楽の高千穂神社…」、それらしい霊気があちこちにみなぎってきている。整備された道路サイドは、素晴らしく刈り込まれ手入れの行き届いたツツジが壁一面に広がり、高千穂中心地まで続いている。初夏のツツジの季節は如何に素晴らしいか…。

ホテルにチェックインして、いざ、町中心部から高千穂神社、高千穂峡まで続くなだらかな下りの「神殿通《こうどのどお》り」を、冬日向に一人ぶらぶら…。高千穂峡は古代阿蘇火山の爆発の火砕流が五ヶ瀬川に添って帯状に流れ出し、懸崖《けんがい》となった渓谷。深い木立に囲まれた細い自然道を小鳥の囀《さえず》りを聞きながら、ゆっくり下って行く。だんだんと谷川の音が迫ってきて、突如、雪の残る柱状節理《ちゅうじょうせつり》（岩体に入った柱状の割れ目）の懸崖が眼前に迫り、まさに雪舟、鉄舟の墨絵の世界である。

「高千穂では矢張りかっぽ酒を飲んでくださいよ…」。高千穂町の中心であるバスターミナルの横の雰囲気のある赤ちょうちんに誘われ入った、居酒屋

〔てんつくてん〕の還暦を過ぎたスキンヘッドの日焼けした、いかにも精力絶倫風の大将である。

青竹の筒に日本酒を入れ、囲炉裏で燗《かん》をつけたもので、青竹の油分が酒にしみ出て独特の風味になる。酒を注ぐときにかぽかぽと音がするのである。ややぬる燗気味で、トロッとした舌触りと喉越しは、名物・馬刺しにピッタリである。

篝火《かがりび》に浮かぶ神楽やかっぽ酒

高遠の桜の樹の下には…

中央本線特急あずさに乗って信州・伊那谷に向かうと、八王子を過ぎた沿線の山間《やまあい》は、桜が満開。晩春の日差しを車窓一杯に浴びると、「春眠暁を覚えず」。心地良くうとうとし、ふっと目を覚ますと、広い車窓の外は桜の列が見事に連なっている。

中央本線は松本が終着駅で、諏訪湖の畔を走って行くのだが、今、将《まさ》に諏訪大社の御柱の季節で、上諏訪、下諏訪の駅には提灯が賑やかにホーム一杯に並べられ、さまざまな色とりどりの法被を着た人たちがうきうきした様子で駅周辺に集まっている。岡谷で在来線である飯田線に乗り換えて、一度はこの目で満開の桜を見たいと思っていた高遠に向かって一路伊那市へ。

天文16（1547）年の武田信玄による築城以来、天下一の桜の名所として知られる高遠城は、伊那谷に広がる高遠町を一望できる小高い丘にある。高遠城を遠望するとピンク色に染まったこんもりした大きな雲が、浮いているように見える。高遠は大奥のスキャンダル「江島生島事件」でも有名で、七代将軍家継の生母、月光院に仕える御年寄・江島が、歌舞伎役者の生島との密会を疑われ、評定所から下された裁決により、死一等を減じての高遠へ遠島（島流し）されたのである。何故か、高遠に相応しい艶めかしさのある話ではあるが…。

「桜の樹の下には屍体が埋まっている！」とは、戦前の作家である梶井基次郎の短編作品集『檸檬』に収録された短編『桜の樹の下には』の一節である。桜があれほど美しいのには何か理由がある、と桜の美しさに不安を感じる主人公が、死体という醜いものが樹の下に埋まっていると想像することで不安から解放される、という内容。成程、今日が満々開の高遠城一杯に広がる桜の下にいると、確かにそんな気もしてくる。

そんな狂おしい桜の樹の下での一献は、高遠の城下町で慶応2（1866）

年創業の黒松仙醸。以来150年、酒造りの伝統は継承され、地の酒米にこよなくこだわる信州を代表する地酒。当主 黒河内貴社長はロンドン大学(LSE：The London School of Economics & Political Science) 出身の新進気鋭の国際派で、日本酒輸出に情熱を注いでいる。

狂ふ宵散る花びらが盃に

梅雨の晴れ間の温泉と酒三昧

今年の6月は日本全国、すっぽりと梅雨に覆われたが、その合間には梅雨の晴れ間が真夏の太陽を輝かせていた。そんな6月中旬に1年前からのそれぞれの計画と偶然が重なり、10日間に渡って熱海、箱根、花巻、軽井沢と日本縦断温泉巡りとなったのである。

初日は熱海老舗高級旅館「石亭」横の古い温泉付きリゾートマンションで、熱海湾を見下ろし、毎月恒例の熱海湾花火を見ながらの至福の一《ひと》風呂。翌日は、我が「萩句会」の吟行で、宗匠である中原道夫先生の特別な計らいで、予約すらなかなか出来ない岩崎小彌太男爵の別邸である憧れの箱根芦ノ湖畔「山のホテル」へ。美しいツツジとシャクナゲ、そして富士を臨むホテルの贅沢な温泉とフランス料理〔ヴェル・ボワ〕、まさに極上のサービスを堪能。

全て超一流であり、感嘆、感激の極み。

次は大学時代の同級生との年に一回の温泉旅行で、一路東北新幹線で宮沢賢治ゆかりの花巻温泉へ。前日とは打って変わって、じめじめと鬱陶しい梅雨そのもの。花巻温泉の「ホテル志戸平《しどたいら》」は1500人収容。豊沢川を眺めながらの豪快な露天風呂をはじめ、3つの源泉と20種類のお風呂があり、岩手県最大の容積を誇っている。久々の同級生との湯上がりの痛飲は深夜まで続く。二日酔いでの朝風呂と朝食でのビールの美味しさは格別であるが、年齢《とし》のせいか気怠《だる》さが残り、毛越寺《もうつうじ》、中尊寺・金色堂は朦朧と惰性の世界。そして昼食時の蕎麦屋では、来年の再会を期しての一献、二献、三献…と節度ない酒宴が延々と続く。

翌日は我が人生最悪の二日酔いで、梅雨の晴れ間のギラギラした太陽が目に染みる。恐る恐る細心の注意を払いながら、関越自動車道をひた走り、浅間山の麓のログハウスへ。ログハウスに外気を通すと高原の爽やかな風が吹き抜ける。いざ今日の温泉はと、軽井沢の「千ヶ滝温泉」へ。熊が出てきてもおかしくないような、木立の間にできた大きな露天風呂には、真っ赤なツツジが満開。青々とした新緑の樹々が酒浸りになったぼろぼろの体と怠惰な心を癒してくれる。

ツツジ咲く露天に浸りだらだらと

雲場池の紅葉

関越道の富岡を過ぎ横川あたりに来ると、山々は黄色や赤に変わり秋が深まってきているのが分かる。標高947メートル、軽井沢の雲場池は紅葉真っ盛り。9月中旬にナナカマド、10月にはカエデやツタなどの朱色、カラマツの黄金色、下旬ごろからモミジが色づき、11月ともなると、池周辺に植えられたドウダンツツジが真っ赤に染まり、池面《いけも》に映える〝くれなゐ〟と相まってまさに桃源郷。

雲場池は瀟洒《しょうしゃ》な別荘や美術館のある六本辻の、御膳水を源流とした小川をせき止めて造られた細長い池で、地元では「おみずばた」と呼ばれ、「スワンレイク」という愛称も持っている。池畔に1周20分ほどの遊歩道が廻《めぐ》らされ、天皇陛下が軽井沢に来られると必ず散策されるとのこと。

平日とは言え、周辺駐車場は観光バスや自家用車で一杯。やっとのことで駐車場を見つけて池に向かうと、細い湖畔の道は大変な混在で、中国語が飛び交い、至る所で自撮りや他撮りのシャッター音。池面には周辺の雑踏と騒音も我関せずと、鴨の群れが悠々と、のんびりと水尾《みお》をすえひろに泳いでいる。

晩秋の陽は、落ちかけると鶴瓶《つるべ》落としで、一気に冷え込んでくる。冷えた体を温泉でと、近くの野天風呂の千ヶ滝温泉へ。西武グループの堤康次郎が東長倉村（現・軽井沢町）沓掛の公有林野60万坪を購入し、道路の新設、鉱泉の掘削、ホテルの建設や別荘の分譲など、事業開発の中核施設である。澄みわたるかけ流しのやわらかいお湯で、大きな露天風呂は燃えるような紅葉に囲まれ、紅葉が湯気にけむる湯船に浮かんでいる。「アーァ、いい湯だな…」

素晴らしい紅葉と野天風呂を堪能した締めには、やはり信州そばと地酒である。中山道軽井沢追分宿、旧・脇本陣「油屋」の向かいにある古民家風な造りの蕎麦処「ささくら」。信州みそと辛味大根のしぼり汁「おしぼりそば」

が絶品だが、酒のつまみも豊富。まずは、信州佐久の日本一小さな酒蔵、戸塚酒造の『寒竹』。このぬくもる燗、アァー沁みます…。これはいけますね…。

くれなゐに映える池面に鴨の水尾《みお》

セントーサの無濾過酒《むろかさけ》

セントーサ島は、シンガポールの南にある小さな島。北側はマーライオンタワー、アンダー・ウォーター・ワールド、２０００羽の蝶が放たれている昆虫館、ユニバーサル・スタジオや大型カジノがあり、南側はすぐ近くにインドネシアを望むビーチが続き、タンカーや大型客船が目の前を通り過ぎていく。付近には、ヨットハーバー、高級リゾートホテル、洒落たレストランが並ぶ。

高級フランス料理〔ロブション〕を横に控え、豪華なイルミネーションに輝くガラス張りのレストラン〔CURATE《キュレート》〕。ミシュランと著名なワインの権威ロバート・パーカー氏の「Art of CURATE（CURATE の美食）」と銘打ったアジア初の美食の殿堂レストラン。そこで行われる世界のミシュラン二つ星、三つ星著名シェフによる期間限定の料理とワインの饗宴である。

今回の「春節」特別期間に日本代表として初めて招聘されたのは、京都祇園〔レストランよねむら〕米村昌泰オーナーシェフである。クリスタルで透明感のある広い室内は、着飾った国際色豊かな人々で満席。真っ白なテーブルクロスの上にはワイングラスが、ミシュランとパーカー氏のサイン入りコースターの上に置かれている。京都生まれの米村シェフの料理は、日本料理ともフランス料理とも称される独創的な料理で、今回はパーカー氏が選んだ日本酒とのコラボレーションである。

まずアントレ（前菜）は「カラスミ添え蕎麦ブリオッシュ」「鮭とラタトゥイユ寿司」の盛り合わせ。これには笹一酒造の吟醸無濾過生原酒『DAN』で、ソムリエが賑々しく注いでくれる。トローっとした冷たさが、乾いた喉に心地よい。次は、「アマダイとローストポーク赤ワイン柚子胡椒ソース」「ロブスターのブイヤベース」。これには富士酒造の純米大吟醸無濾過生原酒『愛山』、そしていよいよメインディッシュは「和牛サーロインステーキ納豆ソース」。合わせるのは田中屋酒造店の純米大吟醸『水尾』。「俺はいいけど、外国人は納豆フレーバー大丈夫かね…」

冷えた『水尾』を一口、「フォアグラとトリュフと塩辛を混ぜたような納豆ソース、なるほど…これは、お見事！」

春節や南の島で無濾過酒《むろかさけ》

ユダヤとイスラエルと安全と

敵対する中東諸国に囲まれ、将に四面楚歌の建国70年を迎えるイスラエルは、やれ、ヒスポラだ、シリアだ、空爆だと「常在戦場」常時危機一髪。しかし、イスラエルの防御態勢と治安は皮肉でもなんでもなく世界一。首都テル・アビブや聖都エルサレムをはじめ、隈なく国中に最新探知防御システムを張り巡らしているイージス国家なのである。

このようなハイテク国家を造り上げたユダヤ人とは、勿論ユダヤ教を信じる人々ではあるが、基本的には「ユダヤの母から生まれた人はユダヤ人である」とされ、男子の場合は生後即割礼。アインシュタインをはじめ、今までのノーベル賞受賞者の約90%がユダヤ系であるそうだが、ユダヤ人の頭の良さの根源は、子供のころから膨大な旧約聖書（特にトーラー「モーゼ五書」）

を読み、その行間の教えを自分自身で必死に考える訓練が徹底しているからだそうだ。

世界から集まったユダヤ入植者達は、土漠の荒地を北のガリラヤ湖から中南部の砂漠までパイプラインを埋設し、ハイテク農業・水産・畜産で野菜、果物、花そしてキャビアやフォアグラまでを生産し、輸出までしている。ワインでもハイテク技術を駆使して、ヤルデンなど素晴らしいワインが出来上がっている。特にユダヤの歴史的富豪であるロスチャイルド家の肝いりで造られた〝CARMEL WINE〟は世界的な評価を得ている。

今、我が国土は北朝鮮の米領グアム沖へのミサイル攻撃の脅威に晒され、無遠慮にも我国上空を通過するという。同時数発のミサイル発射では対応できないとの見解もあり、もし誤って落下すると思うと、晩酌も落ち落ちしていられない。

迎撃成功率90%以上。イスラエルの誇るミサイル防空システム「アイアンドーム」。ミサイル攻撃発射を10秒以内にレーダーで探知し、墜落予想地点を計算してから21秒以内に人口密集地に落ちると判断されたミサイルに対してのみ迎撃ミサイルを発射撃沈。砂漠等に落ちるミサイルは無駄打ちせず無視する優れモノで、それも同時に数百発にも対応できるそうだ。

我が日本防衛軍も充分承知のこととは思うが…。

天空に消える星屑野分あと

マティーニ・イン・ニューヨーク

9月の澄み切った青空が広がるニューヨーク・マンハッタン。ビルの谷間から差し込んむ陽射しは未だ鋭い。しかし夕刻ともなるとウォール街のボウリング・グリーンの巨大な雄牛の銅像チャージング・ブル（Charging Bull）にも爽やかな風が通り抜けて行く。株式用語で雄牛（Bull）とは右肩上がりを示し、反対に右肩下がりのことを熊（Bear）と表現している。

ウォール街近くには有名な〝Bull & Bear〟ステーキ&バーがあるが、イギリスの専門誌「ドリンク・インターナショナル（Drinks International）」が毎年発表している「ワールド・ベスト・バー トップ10の二つがこの周辺にある。

堂々一位にランクされているのが、チャージング・ブル近くにある「デッド・ラビット(The Dead Rabitt)」。19世紀アイリッシュ・ギャングが仕切っていた一角にあり一見バーとは思えないチャーミングなエントランス。扉を開けると、ワイルド感あふれたウッディ基調のアイリッシュ・パブ。まだ夕刻4時前とは言え、スーツにネクタイのビジネスマン、ジャーナリスト風な人たちでカウンターは満席。壁際立ち飲みで、今宵ニューヨークバー徘徊は、ブルックリン・ドラフトビールのワンパイントでスタート…。

ウォール街からウエストヴィレッジにしばらく歩くともう一つの隠れ家的オーセンティックバー「エンプロイーズ・オンリイ(Employees's Only)」。入り口手前からマホガニーの長いカウンターが続き、奥にはテーブル席もあって食事もゆっくりできる。カウンターは勿論満席で、立ち飲みでお目当てのマティーニを、「ウオッカ、ストレートアップ、ツイストでPleas e…」と白服のバーテンダーにオーダー。冷え冷えのニューヨークスタイル大きめのカクテルグラスを賑々しく運んでくる。これぞ、ニューヨークマティーニと期待に胸を膨らませて一口飲めば…ムム…思いがけぬマイルドな滑らかさ。ウオッカは、現在ニューヨークで大人気、テキサス ハンドメイド・ウオッカ「ティトス(Tito's)」。因みにコーン100%つまりグルテンフリー。ここまでアメリカではヘルシー志向が浸透しているのか…。

マティーニや五臓六腑に秋思満つ

呼子イカと名護屋城跡

11月初旬、玄界灘の城下町が熱狂と興奮に酔いしれた「唐津くんち」も終わり、晩秋の唐津の朝は柔らかな日差しに包まれている。昨夜は紺屋町小料理屋〔山茂〕で透き通る呼子イカの活き造りの大きな目玉に睨みつけられながら、地酒鳴滝酒造『聚楽太閤《じゅらくたいこう》』を痛快に飲み、やや二日酔い気味。唐津バスターミナルから呼子行のバスに乗って、秀吉の大陸への前線基地となった名護屋城跡へ。

秀吉は九州を平定、奥州伊達政宗を服属、北条氏直を打倒、徳川家康を関東に移封。天正18年（1592年）太閤秀吉は天下統一を成し遂げ、いよいよ大陸への野望を一挙に進めたのである。

名護屋城は呼子から海岸線沿いに細長く広がる波戸岬の丘陵を中心に築か

れた陣城で、五重天守や御殿が建てられ、それを囲むように全国の武将たち120ヶ所もの陣屋が築かれた。そしてその城の周囲には城下町が広がり、最盛期には人口10万人を超えるほどにも繁栄した。

朝鮮出兵（文禄・慶長の役）は、文禄元年（1592年）総勢15万8千の兵が9軍に編成され、小西行長・宗義智率いる第一陣が名護屋城を出発し壱岐・対馬を経て、最終的には、20万以上の兵が朝鮮に渡って行った。しかし、慶長3年（1598年）秀吉の死をもって終結、撤退したのである。

秀吉は京都聚楽第《じゅらくだい》から当地を本営とし、大政所の危篤時を除いて滞在すること延べ1年2か月。秀吉は徳川家康、加藤清正、前田利家など名だたる天下の武将たちに指示を出していた。その一方茶室で茶会を楽しんだり、瓜畑で仮装大会を催したりして、京の都文化をも楽しんでいたのである。

現在の名護屋城跡には「名護屋城博物館」が建てられ、遺品、書簡、ジオラマによる陣屋と布陣そしてバーチャルリアリティ名護屋城など興味が尽きない。特に、秀吉がおね（北政所）宛てに出した自筆の手紙で、厳しい戦況のこと、風邪をひいたこと、おねへの気使いなど、戦時下にもかかわらず、十数通も出している秀吉の情のある〝まめ〟さに驚かされる。

熱燗や呼子のイカの目が睨む

原色のインドとタージ・マハル

物心ついた頃から憧れていたタージ・マハルへの思いとともに、インドには一度は訪れたいと思っていたが、図らずもインド系米国友人子息の結婚式招待を受け、師走の日本を慌ただしく飛び出した。

5000年の歴史を超えた悠久なる大地、混沌とした街並みと想像を絶する人々の様々な姿。ヒンドゥー教、イスラム教、シーク教が混在し、牛が道路を闊歩し、自動車、三輪車、リクシャー（人力車）が我先にとひしめき合い、その合間を巧みに抜けていく。路地に入れば路上生活者や物乞い、野良犬たちが土色の赤茶けた景色として溶け込んでいる。

そんな昔ながらの原色の生活の姿を、昼間はラール・キラー、フマユーン廟、クトゥブ・ミナール等の世界遺産のスケールの大きさに驚愕し、夜はニューデリーの繁華街で洗練されたインド料理とインドビールとワインで、生のインドを肌で感じたのである。

夜の帳《とばり》がまだ明けきらない寒い早朝4時。ニューデリー駅から満員の特急電車で、一路夢のタージ・マハルのある古都アグラへ。世界に誇るタージ・マハルの玄関口とは思えない殺伐とした駅前で、おんぼろ車にリクシャーそしてここでも更なる堂々たる牛達が主役で鎮座し道路を我が物顔で横切っている。未だ午前9時前とは言え、外国人も含め多くの入場者の長い列が続き、徹底したボディーチェックを受ける。暫く歩いていくと、朝日に白銀の輝きを放つ白亜の壮大な傑作が目の前に迫ってきたのだ。

ムガール帝国5代皇帝シャー・ジャハーが最愛の妻ムムタス・マハルの死に捧げた神秘的な霊廟で、22年の歳月をかけて建てられ、今から480年前の出来事とは言え、ムガール帝国皇帝の絶対的な権力とそれに答える民族の秀逸な能力と健気さに驚かされる。

ニューデリーの12月の夜はかなり冷え込んでくるが、昼は暑く、砂漠気候で湿気が少ない。つまりビールが最高に美味しく飲める必要十分条件を備えているのである。それも地元の〝KINGFISHER〟で…洗練されたうまさであります。

インドでは牛がお先に去年今年

プロセッコはプロセッコ

ドン・ペリニヨン、モエ・シャンドンに代表されるシャンパンは、「はれ」の日に相応しく心がうきうきしてくる。シャンパンはその選定基準の厳しさと熟成期間の長さにおいて突出していて、瓶内二次発酵を行った上で封緘《ふうかん》後15カ月以上の熟成を経たシャンパン製法のスパークリングワインを指す。シャンパンとは英語読みで、シャンパーニュ委員会（CIVC）ではシャンパーニュと称している。

同様の瓶内二次熟成工程を経たスパークリングワインに、フランス「クレマン」、スペイン「カヴァ」、イタリア「スプマンテ」、ドイツ「ゼクト」などがあるが、大御所シャンパーニュの伝統と品質は世界に揺るがない地位と品位を確保している。

同じスパークリングワインの一翼を担うのがプロセッコである。瓶内二次発酵とは異なり、二次発酵を密閉した圧力タンクの中で行い、澱引きも一度にできるため、一気に大量のスパークリングワインを造り出す事ができるシャルマ方式（発明者：メトード・シャルマ Methode Charmat）である。誤解を恐れずに言うと、プロセッコはシャンパーニュのように偉大なスパークリングワインではないかもしれないが、気楽な普段の食事に合わせる気取らないスパークリングワイン。毎日の何気ない食事にプロセッコがあると、品のいい泡が、食卓に華やかさと爽やかな味わいを届けてくれる。

プロセッコの故郷は、ユネスコ世界遺産に正式申請した北北西にアルプス、東南にはヴェニスを臨む、北イタリアのヴェネト地方。アルプスに続く小高い山々が広がり、険しい山頂に至るまで、青々としたプロセッコ用ブドウ「グレラ」畑が段々状に広がっている。

昨今、スパークリングワインがブームになっているが、残念ながらプロセッコは未だ認知されていない。しかしドイツや北欧、アメリカでは既に評価され、ニューヨークロックフェラーセンター前の憧れのお洒落なワインバー〔モレル（MORRELL)〕「バイ・ザ・グラス・リスト世界Ｎｏ１（World's Best By-the-Glass Wine List by The World of Fine Wine)」でも、メニューのトップに載せられている。

雪光るビルのネオンやプロセッコ

逗子葉山（逗葉）の匂い

東京駅から横須賀線に乗って横浜を過ぎると、戸塚あたりから緑が濃くなり何かほっとした気分になってくる。大船で茅ヶ崎、小田原に向かう湘南電車と別れ、三浦半島に入って北鎌倉、鎌倉、そして小坪のトンネルを過ぎると漸く逗子にたどり着く。

横須賀線は明治以来、帝都東京と帝国海軍鎮守府の軍港横須賀を結ぶ重要な幹線として発展してきた。逗子で東京、横浜からの通勤客の大半が降り、前5輌が切り離されて横須賀や久里浜に向かっていくのである。

逗子駅を利用する人たちの中には、鉄道のない葉山から通っている人達も数多く、葉山の住人にとって、逗子無しでは通勤も買い物も生活も立ちいかない。それでは合併し行政の効率化を図ればと長年に渡って協議画策されたが葉山は天皇陛下お気に入りの葉山御用邸を持ち、風俗店は勿論パチンコ屋も無く、三浦郡葉山町の一郡一町を誇りにして、直轄地気取りで話に乗ってこない。

逗子は戦艦三笠の東郷平八郎元帥も住み、東郷橋も残っている通り、戦前より海軍関連特に高級将校たちが住んでいた。逗子の海岸沿いの細い道には、瀟洒な住宅が現在でもずらりと並んでいて、落ち着いた雰囲気を感じさせる。

小坪から鐙摺まで、富士山をバックに相模湾を臨んでいるのが逗子海岸。真っ青に晴れ渡っているが、強い寒風の中、ウインドサーファーが遠くに臨む富士山に向かって疾走、まさに絵に描いたような冬の逗子海岸である。

葉山マリーナに行く途中、渚橋の対岸で、今はファミリーレストランになっているが、ここが、石原裕次郎、慎太郎が小樽から引っ越してきた場所で、「太陽の季節」の誕生の地である。裕次郎のレジェンドは今でも逗子葉山に残っていて、慎太郎刈りの床屋、ケーキの珠屋、カレー屋、焼き鳥屋、バーなど裕次郎の舎弟たちがいいオッサンになって、粛々と受け継いでいる。

裕次郎一家が引っ越してきた隣家が、地元の旧家の川地家で、それが縁で「陽の当たる坂道」の裕次郎の弟役に抜擢されたのが、生涯裕次郎を兄と慕い続けた川地民夫。裕次郎と逗子葉山の匂いを残して先日亡くなった…。

帆を張って富士に向かうぞ寒怒濤

中国の今は…

桜が散り始めた頃、突然思い立って往復の飛行機がフィックスされた個人フリーのパッケージチケットで上海へ。30年前によく行っていた安徽省《あんきしょう》へのセンチメンタルジャーニーである。

上海から南京を経て内陸部深く進み、長江（揚子江）と淮河《わいが》の間に広がる中国最貧省とも言われていた。三国志の曹操が活躍し、黄山が有名で、峰と雲が織り成す風景は、まさに仙人が住む「仙境」の世界。

天安門事件（1989年）の前後10年程、在米華人有力者に安徽省幹部を紹介され、安徽省産品、特に安徽加飯酒【チャーファンチュー：浙江省《せっこうしょう》紹興酒と同じ糯米から造る黄酒（醸造酒）】の輸入に関わっていた。当時の上海は暗く寂しく、目抜き道路でも牛車が荷物をこぼれんばかりに積んで、我が物顔に罷《まか》り通っていた。安徽省合肥までは飛行機も飛んでいたが、めったに正確に飛ばず、特急列車の軟座で10時間以上もかかって行ったものだ。

最新鋭の地下鉄で高速鉄道駅の上海虹橋駅（シャンハイホンチャオ）へ。地下鉄駅では手持ちバッグは全てレーザーチェックが必要だが、皆、行儀よく並んでいる。中国人の悪癖と言われた、「並ばない」「痰を吐く」は「今は昔」。上海虹橋駅に着くとその設備、清潔さ、機能性に圧倒され、切符売り場には順番ラインがきちんと出来ていて、大型電子掲示板には状況が克明に表示されている。

定刻出発の高速鉄道に乗れば、時速３００キロを超すスピードで懐かしの合肥駅へ。車窓からは菜の花畑が目に飛び込んで来て、その先には高層ビル群が蜃気楼のように聳えている。駅からタクシーでホテルへ向かうと、往時の田圃と泥道はハイウエイとなり、沿道には超高層ビル、驚くなかれ地下鉄まで開通しているのである。

天安門事件から4半世紀。「限りなく赤い資本主義」の中国の発展は凄まじく、揶揄的に報道される映像とは別に、総合国力として確実にアメリカに肉薄している。今、習近平が国を挙げて取り組んでいるのが、「昔懐かしい仕切りの無い公衆便所（ニーハオ・トイレ）の大改革」なのだ。

菜の花の先に聳えるビルの群れ

弾丸！西南四国縦断

羽田を早朝に発って松山空港へ。梅雨の晴れ間の松山は雲一つない青空が広がり、９時前とは言え、真夏のような太陽が容赦なく降り注いで来る。松山空港からレンタカーで足摺岬《あしずりみさき》を目指し、翌日は四万十川、高知と将に弾丸！西南四国縦断である。

松山自動車道で宇和島そして国道56号で山越えし、宿毛を経て足摺岬に向かう。曲がりくねったカーブの続く尾根伝いに、遠く海を臨みながら慌ただしく登りそして下る。四国の山々は、深い緑に包まれ、所々に紫陽花が瑠璃色に輝いていて美しい。途中エメラルドの海が広がる透明度抜群のサンゴと熱帯魚の柏島で小休止。

土佐宇和海国立公園を海沿いに、ひたすらくねくねと進んで行くと、足摺岬入口のジョン万次郎の大きな銅像が見えてくる。その下には四国最南端の地の断崖に建つ白亜の灯台があり、眼前に270度にわたって遮るものが無い太平洋が洋々と広がっている。灯台の眼下には花崗岩で形成された岩盤が波の浸食により洞門となった日本一の白山洞門が聳え立って、荒波が打ち寄せている。この地から14歳のジョン万次郎は漁に出て漂流、数奇な波乱万丈の人生が始まったのである。

ジョン万次郎記念館のある足湯の前には四国最南端四国霊場88ヶ所巡りの第38番札所金剛福寺が、大海に向かって威容を誇っている。霊場札所間の距離が最も長い場所にあり、金剛福寺までの道のりは遠い。因みに、第37番札所岩本寺から約90km、第39番札所延光寺へは約60kmもあるのだ。白装束のお遍路さんが金剛杖を巧みに動かしながら、想像以上の速足で通り過ぎていく。長い一日、夏の太陽が地平線に沈み、夕焼けに染まる太平洋を見ながらの足摺温泉露天風呂が心地いい。

さあ、いよいよお目当て鰹のタタキである。

鰹の表面を藁の強火で炙り、冷水で身を締めたタタキは勿論だが、今日は黒潮に乗った旬の鰹を極上の「天日塩」をふり、軽く叩き込んでなじませた塩タタキで…。玉ねぎやにんにく、小口切りにしたネギとともに一口運べば、鰹の旨みがふわりと口の中に広がり、地酒土佐鶴が心地よい。

黒潮に乗った鰹は塩で喰う

草津と葉山とベルツ博士

白根山も木々が色付きはじめ、麓の草津温泉にも秋の気配が迫って来ている。昨秋の突然の噴火で一時は客足も減ったようだが、温泉街の中心にある硫黄臭漂う湯気の立つ湯畑には、平日とは言え多くの人たちが、滝のように流れる源泉を楽しんでいる。

草津温泉は江戸時代の儒教学者林羅山が有馬温泉、下呂温泉と並び日本の三名泉と称しているほどの名湯である。湯畑は石柱の柵で囲み込み、その周りをロータリー状にぐるりと木製デッキの広いテラスが出来ていて、足湯コーナーも備えている。これは、昭和50年当時の草津町長の経営するホテルに投宿したスキーと温泉好きの岡本太郎が、町長の要請に応じて、デザインと監修を受け持ったのである。

よく見ると、湯畑の石柱柵の一つ一つには草津温泉を訪れた歴史的著名人の名が来草年代とともに重厚感あふれた字で彫られている。古くは源頼朝、豊臣秀次、小林一茶、佐久間象山から高村光太郎、与謝野晶子・鉄幹などの文豪をはじめ、佐藤栄作、田中角栄まで100名の名前がある。

その中に何人かの外国人の名前があり、ドイツの明治政府お抱え医師であるエルヴィン・フォン・ベルツ博士もある。ベルツ博士は草津温泉を世界に紹介した人物で、「草津には無比の温泉以外に、日本で最上の山の空気と、全く理想的な飲料水がある。もしこんな土地がヨーロッパにあったとしたら、チェコにあるカルロヴィ・ヴァリよりも賑わうことだろう」と評価している。

カルロヴィ・ヴァリはヨーロッパの王侯貴族やゲーテ、ベートーヴェン、ゴーゴリ、ショパンなどの芸術家にも愛された温泉地である。因みに20年程前、当地で世界カクテルコンテストが行われ、日本代表として前日本バーテンダー協会会長岸久さんが新婚旅行を兼ねて出場していた。

ベルツ博士は明治・大正天皇とも近しく接し保養地としての葉山の地も愛

し葉山御用邸を進言し、その縁で葉山町と草津の姉妹町としての友好関係がつづいている。
突然降り出した秋の強い雨の中、ロマンチック街道で嬬恋に向かうと、一面に広がるキャベツ畑の先に黄金に実った稲穂が雨に濡れ更に頭《こうべ》を垂《た》らしている。

湯畑の湯の花叩く秋驟雨《しゅうう》

ほろ酔い酒でつれずれに

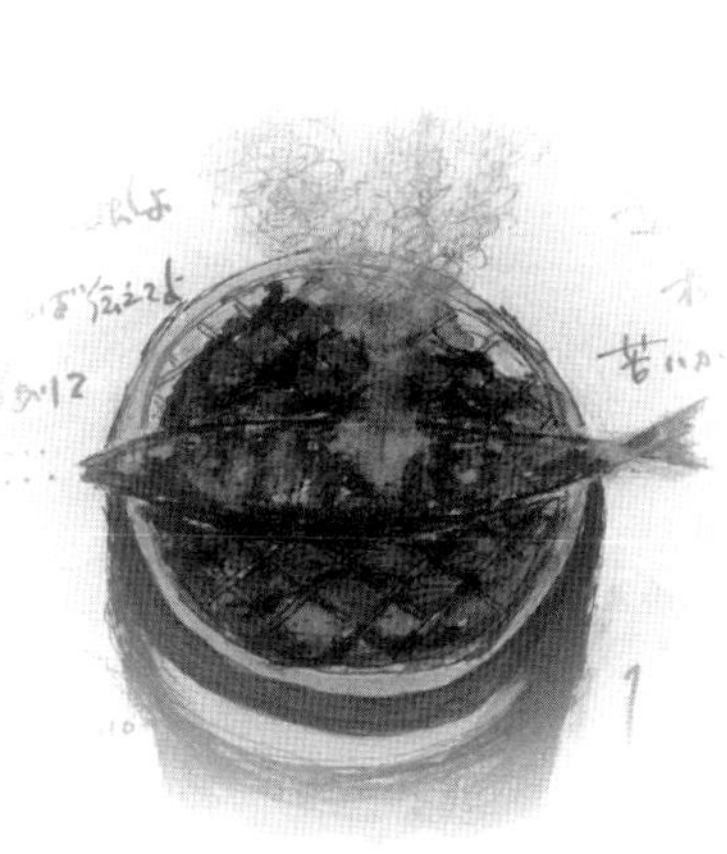

ざくろ

春もたけなわ。今年の復活祭は4月4日。キリスト教にとって復活祭は救世主イエス・キリストが誕生した降誕祭とともに信仰の根幹をなす「キリストの復活」を記念する大切な祝日である。

「復活と再生」のシンボル「ざくろ」。

その果実が多くの粒をもつことから豊饒と生命の象徴とされ、旧約聖書では小麦、大麦、葡萄、イチジク、ナツメヤシ、オリーブとともに「聖書七種《ななくさ》」の一つなのである。一説によると、エデンの園の禁断の木の実は、りんごではなくざくろであったという聖書学者もいるそうだ。事実、ルネッサンス期ボッティチェリの「マニーフィカトの聖母」では幼少のキリストがざくろを持っているし、「メラグーナの聖母」でもざくろが描かれている。

漢字では「石榴」と書くが、その拳《こぶし》大の紅い外皮は石のように固く、それを砕けば、中には深い紅色の透き通った実がぎっしりと詰まっている。手で一粒一粒取っていては面倒で、思いっきり口を開けてほうばると、シャキッとした甘酸っぱさが口中に広がってくる。昨今の健康ブームで、糖尿病や更年期障害に効果のある「エストロゲン」が豊富に含まれるとされて一躍脚光を浴びてきているが、成る程、中東、トルコでは多産のシンボルでもあるそうだ。

スペインに「ざくろの町」といわれるところがある。それはアルハンブラ宮殿で有名なスペイン南部のイスラム勢力最後の拠点、グラナダ。ムーア人が植えたざくろがたくさん採れたからか、ざくろの英語名はPOMEGRANATEである。

ざくろの実を絞ったジュースがグレナデンシロップで、透明な深紅色で、甘味とともに甘美なイメージも醸しだすので、よくカクテルに使われている。

ヘミングウェイが愛したダイキリはラムにフレッシュライム、ガムシロップ（砂糖）で作るライムの酸味がラムの中一杯に広がる爽やかなカクテルであるが、フレッシュライムとガムシロップの代わりにグレナデンシロップを使うこともある。ざくろの深紅色が鮮やかで、冷えたラムの中にざくろの仄かな甘酸っぱさが広がってくる。

ダイキリやグラスの先に朧《おぼろ》月

鰻の蒲焼

匂いにつられ、食欲が俄然わいてくるものに、鰻の蒲焼に勝るものはあるまい。

「もはや戦後ではない」と経済白書で言われた頃、まだまだ町並みは雑然とし、バラック建ての市場には肉屋、魚屋、八百屋は勿論、色々な食べ物屋が所狭しと店を広げていた。その一隅に鰻の、今で言うテイクアウト屋があって、学校帰りにランドセルを背負ったまま、生きた鰻の、裂き・刺し・焼きの一連作業を、腹をすかしてじーっと見ていたことを懐かしく思い出す。

『裂き三年、串刺し五年で焼き一生』と言われるくらいで、一人前の鰻職人になるためには大変な修行が必要なようだが、あの市場の鰻職人達の気合の入った小気味良い技は、実に見事。大きなブリキのたらいの中で、元気に動き回っている鰻をさっと巧みに手掴みし、暴れまわっている鰻をまな板の上に乗せ、即座に狙いを定めて、鰻の急所である頚動脈を狙って留め釘を打ち込む「目打ち」。鰻も命懸けで、留め釘や包丁に絡み付いてくるが、一瞬のひるんだ隙に、鰻の背から包丁をサッと刺し入れ、包丁と骨の絡んだ「ザリザリ、ジョリジョリ、ザリー」という音とともに手早く捌いていく。

　その捌いた鰻を、腰をかがめ、優しく手を添えて、丁寧に愛おしそうに竹串を刺していく。炭の焼き場の横にある、タレがこびりついて隆起した赤銅色の年季の入った壷のタレに漬け、真っ赤に燃えている炭の上に乗せると、「ジュジュー、ジュー」と言う音とともに、煙がもうもうと立ち上って、美味しそうな音とともに空腹を刺激する匂いが立ち込めてくるのだ。

　しょうゆとみりんをベースにしたタレにつけた鰻が炭火で焼ける匂いは、鰻のヌラヌラした表皮粘膜中の覚醒作用のあるピペリジンというアミノ酸の一種と、しょうゆ、みりん、魚油脂などが美味く絡み合って発生する特別な匂いなのだそうだ。

勿論、その当時の鰻は、すべて国産天然もので、丸々と太った青大将クラスのアンギラ・ジャポニカ種（Anguilla japonica)。ヨーロッパなどでの、アンギラ・アンギラ種（Anguilla anguilla ）と異なり、やはり蒲焼には、脂が乗っていてふっくらとしたアンギラ・ジャポニカなのだ。

今日も暑いぞ鰻が美味い。それじゃー奮発して麹町の『秋本』と洒落てみようか……。

放課後の鰻の匂い腹空かし

鯵のなめろうとヴィニョ・ヴェルデ

横浜の南。孫文が袁世凱に国を追われて日本に初めて上陸した地とともに、彼の直木三十五が住居を構えお墓もある風光明媚な金沢区富岡は、半世紀前は東京湾を臨む海苔と沿岸漁業の盛んな小さな漁村であった。今はその当時の面影も無く、本牧から八景園に至るまで、ものの見事に埋め立てられ、臨海道路やモノレールのある新興住宅地に生まれ変わっている。

東京湾を見下ろす小高い山にある富岡八幡宮の鬱蒼とした木立に囲まれた階段を下りると、三島由紀夫の「潮騒」の舞台を思わせる起伏のある海岸にぶつかり、先端には漁船を護る長い立派な防波堤が伸びていた。まだ東京湾が汚染されず、釣り人がいつものんびりと糸をたれていた頃、夏の熱い夜ともなると釣り人が集まり、防波堤では夏祭り屋台の懐かしい臭いを出すカーバイトを焚いていて、その炎で鱗がきらきら輝く鯵の大群が、光を求めて群がって来ているのである。そして、悪餓鬼たちが、入れ食い状態の鯵を大きなバケツに一杯入れてもって帰るのだ。その鯵を家では、鯵のたたきにしたり、てんぷらにしたりするのであるが、なんといってもあの頃からいつも楽しみにしていたのは「鯵のなめろう」である。

「鯵のなめろう」は鯵を三枚におろし、捌いた切り身に、味噌に日本酒を少々入れ、葱、紫蘇、生姜などを混ぜ込み、そのままな板の上で包丁を使って、粘りが出るまで細かく叩いて作る漁師料理である。その名前の由来は叩いて粘り気が出る食感とその美味しさから皿を嘗め尽くすことから来ているようだ。

子供の頃は熱々のご飯と一緒に食べたものだが、一人前の呑兵衛になった今では、酒のつまみには欠かせないものである。勿論、ビールや日本酒にもぴったりであるが、ここでは、冷え冷えのヴィニョ・ヴェルデにおまかせしたい。

ヴィニョ・ヴェルデはポルトガルのポートワインで有名なポルトの北、スペインとの国境近くのミーニョ川一帯の特産で、軽い酸味の天然微発泡の白ワインである。ポルトガル語でヴィニョはワイン、ヴェルデは『ヴェルディ川崎』のヴェルデで「緑」の意味、つまり「緑の若々しいワイン」なのである。酢橘をたっぷり絞った鯵のなめろうを一口、箸でつまみ、ギンギンに冷やしたヴィニョ・ヴェルデを口に含めば、仄かな泡立ちの中に、爽やかな酸味が口中に広がってくるのである。

入れ食いの鯵のなめろうヴィニョ・ヴェルデ

オリーブとマティーニ

肌を刺すような真夏の陽射しをまともに受けている我が家のオリーブ達は、青々とした葉を裏返しにして、銀白色の裏面を太陽に向け、キラキラと輝いて暑さをしのいでいる。オリーブは自家受粉が出来ず、一本では実が成らないと植木屋に言われ、つがいにしてからもう10年近くになるが、残念ながら実が取れたのは2回ほどしかない。

オリーブはモクセイ科の常緑樹で、太陽の光が燦燦とふりそそぐギリシャやスペイン、イタリアなどの地中海沿岸の国々で盛んに栽培され、その実から取れるジュースはオイルで、母乳に限りなく近い脂肪酸組成を持つ地球上で最も理想的なオイルなのだ。

古代ギリシャオリンピックの勝者への冠や旧約聖書の「ノアの方舟」の、

大雨のあがった朝、偵察に出された鳩がオリーブの葉をくわえて戻ってきたことから、平和のシンボルともされている。

そんな平和で効能あらたかなオリーブが、俄然、呑兵衛の表舞台に躍り出るのは、なんと言ってもカクテルの王様「マティーニ」である。ジンとベルモットを氷で冷やしたミキシング・グラスに入れ、丁寧にステアし、カクテルグラスにゆっくり注いでオリーブを飾り付けるのである。

ジンとベルモットの割合によって、やれドライだ、エキストラ・ドライだと呑兵衛の薀蓄は絶えないが、やはり究極のマティーニは、英国宰相ウインストン・チャーチルの「執事の口にベルモットを含ませ、その息を嗅いで冷えたジンを楽しんだ」ウルトラ・エキストラ・ドライにまさるものはあるまい。

マティーニ自身は、無色透明で、アクセントとしてのオリーブの色と存在は、種ありでもスタッフドオリーブでも構わないが、冷えたマテイーニを飲む前にオリーブを食べるのか、飲む間につまむのかは、ドライ論争と同じように様々な意見がある。飾りといっても、やはりジンとベルモットの味の中和剤として、塩っぽさと渋みのオリーブの存在は、改めて重い存在なのである。

たまたま実った我が家の小さなオリーブの実を、よく洗って、荒塩で漬け、壜詰めにしてみたのであるが、見た目は小粒の形良い格好で仕上がったのだが、いざ食べてみれば渋さが激しく、マティーニどころではない。色々調べてみると、その渋さを取るために、プロは苛性ソーダを用いるのだそうだ。

オリーブの葉がキラキラと雲の峰

秋刀魚苦いかしょっぱいか

「あわれ秋風よ 情あらば伝えてよ 男ありて 夕餉に ひとり秋刀魚を食らいて思いにふける」で始まる詩人・佐藤春夫の『秋刀魚の歌』（出典元『我が一九二二年』）「…さんま、さんま、秋刀魚苦いかしょっぱいか…」は、佐藤春夫が谷崎潤一郎の奥さんを、横恋慕して一人寂しく秋刀魚を食べているシーンである。

先日の新聞によると、今年の秋刀魚の漁獲量は、地球温暖化の影響で、例年を大きく下回り、かなり高いものになってしまうそうで、庶民の秋の味覚も、今年はかなり高嶺の花になってしまいそうだ。

七輪に炭を入れ、魚焼網の上に秋刀魚一匹はらわたそのまま、渋団扇でパタパタあおって煙はもうもう、ジュージュー音がするまで焼いて、崩れないようにそーっと、皿の上に載せる。熱々のこんがり焼けた秋刀魚に酢橘をギューと搾り、醤油をかけて、多めの秋大根おろしを載せて食らわば…もう何も言葉は要らない呑兵衛の至福のひと時である。

今時のマンションでは七輪を使うスペースもないし、もし活きのいい脂の乗った秋刀魚をそのままオーブンで焼いたとしたら、もうもうと立ち込める煙で、センサーが感知し、マンション中に火災警報が響き渡ってしまうのが落ちである。

昨今では、秋刀魚のはらわたそのままを焼くことは皆無に等しく、はらわたを取ってから焼くことが多いそうだ。それは、秋刀魚の漁法がすっかり変わってしまい、「棒受け網」という大網での大量囲い込み一網打尽漁法では、網の中で揉まれに揉まれて、すっかりウロコが取れ、そのウロコを大量に秋刀魚自身が飲みこんで、ザラザラしたウロコがはらわたに貯まってしまい、「…苦いかしょっぱいか…」どころではないのである。確かにスーパーの鮮魚売り場では、「処理済シール」が貼ってある秋刀魚を堂々と売っているのだ。

しかし、彼の大詩人、佐藤春夫の頃は「刺し網」といって、網に頭を突っ込んで動けなくなった秋刀魚を一匹づつ捕獲したので、美味しいはらわたがしっかりついていたのだ。「……父ならぬ男に秋刀魚の腸（はら）をくれむと言うにあらずや。…秋刀魚苦いかしょっぱいか。そが上に熱き涙をしたたらせて…」

矢張り、はらわたの無い秋刀魚なんて、胆の無いカワハギと一緒で、呑兵衛には考えられないのであります。

身も皮もはらわたたっぷり新秋刀魚

牡蠣

秋も深まってくるといよいよ牡蠣の美味しい季節。

街に出れば洒落たオイスターバーがあちこちに出現していて、新鮮な美味しい牡蠣が食べられるようになったが、ひと昔前までは「R」が付かない月は食べてはいけないと、かたくなに信じていたものである。

May、June、July、August は暑さの盛りで、食あたりとか、雑菌の繁殖のため食べてはいけないと思い込んでいたが、実際はその頃が牡蠣の産卵期で、精巣と卵巣が異常に増大し、食用とはならないからのようだ。それとともに牡蠣の旨みの素であるグリコーゲンが増える秋から冬、つまり「R」の付く月が一層美味しく楽しめるのだ。しかし、今では春から夏に旬を迎えるイワガキなどもあり、養殖も盛んで、通年を通して楽しめる。

牡蠣といえばパリの秋から冬にかけての風物詩、エカイエ（牡蠣むき職人）の登場である。冷たい風が吹きつけるレストラン前で、牡蠣を並べた屋台での牡蠣むきで大忙し。大きな円形のプレートに細かく砕いた氷をびっしり敷き詰め、平べったく丸いフランス産ブロン種や真牡蠣、ハマグリ、ムール貝を鮮やかな手つきでむいて綺麗に並べていく。

バスティーユ広場にある一五〇年の歴史を誇る老舗ブラッサリー「ボファンジェ」。オペラ帰りの紳士淑女でごった返し、黒服のギャルソンたちが、こぼれんばかりの牡蠣を盛った円形の大きなプレートをテーブルに運んでいる。（「ボファンジェ」は大阪南港ふれあい港館・ワインミュージアムに併設され、大理石で出来た豪華絢爛のユニークな地下トイレまで忠実に再現して営業していたが、残念ながら2008年に撤退）

牡蠣はシンプルにレモンをかけて食べるのが一般的であるが、お口直しに、プレートの下に置かれたオリジナルビネガーソースも一興で、そこにはパンとバターも置かれていて、牡蠣を食べた後のこのパンとバターの美味しいこと。

牡蠣には言うまでも無く冷えた白ワイン。やはり牡蠣とのマリアージュの定番シャブリでしょうか…。いや、辛口ミュスカデも、サンセールも捨てたものではありません。勿論シャンパンも欠かせませんが…。でも、この季節になると、牡蠣には熱燗が恋しくなってしまいます。

もう一個シャブリ片手に牡蛎啜る

ボージョレ・ヌーボー

11月の第3木曜日、今年のボージョレ・ヌーボー解禁日は11月18日。

ボージョレ地区は、フランス南東部リヨンの北、ブルゴーニュ地方南部の丘陵地帯。元々、ボージョレ・ヌーボーとは、その年に収穫された黒葡萄ガメ種（Gamay）の出来具合を確認するための試飲酒のこと。であるからして、短期間にワインとして完成させるために、マセラシオン・カルボニック法（炭酸ガス浸潤法）という近代的急速発酵技術による促成醸造ワインなのである。

通常のワインの場合は、搾汁したブドウ液を酵母によりアルコール発酵させるのだが、ボージョレ・ヌーボーは、皮付きのままステンレスタンクに入れ自然発酵させ、炭酸ガスがタンクに充満するため、酸化が防止されワインがフレッシュに仕上がるのである。促成醸造だからといって決して馬鹿にしたものではなく、タンニンが少ないわりには色は濃く、渋みや苦味が少なく、ちょっと冷やして呑むとそれはしっかりした味わいがある。

ボージョレ・ヌーボーは19世紀頃からボージョレ地区の人々に楽しまれていた「地酒」であったが、１９５１年フランス政府によって11月15日を解禁日として発売を正式に認められた事を期に、パリで大人気となり、ブルゴーニュ好きのイギリスに火がつき、世界へと広がり、１９８４年には現在の11月の第３木曜日が解禁日と定められたのである。新し物好きの日本へは、１９７６年に航空便で開始され、バブル最盛期の狂乱は記憶に新しい。

ボージョレ・ヌーボーでボージョレ地区を一躍世界のひのき舞台に登場させたボージョレのスマートでお洒落なビジネス感覚は、まさにボージョレ・マーケティングのサクセスストーリー。流石したたかなフランス人と感心させられる。

我が日本も、クール・ジャパンの寿司に便乗して、パリでもニューヨークでも、寿司屋の入り口に杉の葉の「杉玉」を吊り下げて、ライスワイン・ヌーボーを世界に発信させたいものだ。

去年は「50年に一度の出来具合！」2008年は「今世紀最高！」と、毎年今年が最高と、ワイン業者は、意気込んではやし立てているが、世界的な猛暑であった今年は、糖度も十分で、それこそ、「有史以来の傑作！」か。

（「ボージョレ」はメディアやインポーターでは「ボジョレー」と表記される場合も多いが、今回は日本ソムリエ協会の正式呼称に拠る。）

人並みにボージョレヌーボー試す宵

鴨鍋・鴨すき・鴨せいろ

　鴨がねぎを背負って来てくれれば、それだけで、すぐ美味しい鴨鍋も出来るし、鴨すき、鴨せいろも…。〝鴨ねぎ〟とは、事の次第が自分にとって好都合になる、今風に言えば、「ラッキー！」とでも言いましょうか。

　めっきり夜の寒さが厳しくなると、鴨の季節である。日本の鴨にはカルガモ、オシドリ、マガモなどがいるが、もっぱら食用としているのは、マガモを家禽《かきん》化させたアヒルとカルガモの交配種である合鴨〈アイガモ〉なのである。肉は鳥類では珍しく濃い赤紫の肉で、田んぼや小川の水藻を食べているからか、驚くなかれ、植物油に近いオレイン酸、リノール酸等の不飽和脂肪酸が多く、ビタミンや鉄分も豊かに含んでいる。であるからして、鴨のスープは見た目には脂がギトギトと浮いているように見えても、さっぱりとしてコクがあるのだ。

年の瀬も押し迫った夜の銀座。昭和の風情を残す古いガラス戸の『創業百二十年そば処よし田』。風格ある暖簾をくぐると、店内は既に超満員。あちこちで、同伴出勤の着物姿の綺麗どころを交えて、鴨鍋や鴨すきをつつきながらに賑やかに談笑している。ここ〔よし田〕には、鴨鍋もあるし、鴨すきもある、勿論元々が蕎麦屋であるから、鴨せいろも。

鴨鍋は鴨肉を白菜、ねぎ、豆腐などの野菜と一緒に煮込んだ料理であるが、鴨すきは、まさに鴨のすき焼きで、太い白ねぎをなべで焼いて焦がし、その脂で赤み鮮やかな鴨肉を焼いて熱々を、フーフー言いながらほうばるのである。鴨すきの後は、蕎麦を注文し、鴨のコクのあるダシたっぷりの鴨南蛮である。

鴨せいろは、冷たい蕎麦に温かい鴨入りつけ汁につけて食べるものであるが、本来の蕎麦の食べ方である、冷たい汁には冷たい蕎麦、温かい汁には温かい蕎麦という蕎麦の常道とは異なる。この鴨せいろの元祖を称しているのが銀座一丁目〔長寿庵〕で、昭和三八年に、偶然、鴨南うどんの温かい残り汁につけて食べてみたら、それがなかなかの味であったことがきっかけだそうだ。

鴨せいろは、仕事も一段落した昼下がり、板わさをアテに軽く熱燗を呑んだ後、ゆっくり鴨せいろを食べ、熱々の蕎麦湯を残り汁に入れてすすると、そのコクのある味わいの、美味しいこと、深いこと…。熱燗、もう一本…。

鴨すきを喰ふては浮かぶ友の顔

だいこんの花

長く日本を離れて、久々に大根の煮付けでも大根おろしでも、大根の匂いをかぐと、「アー日本に帰ってきたんだなー」とつくづく思う。おでん、煮付け、焼き魚、しゃぶしゃぶと、いよいよ大根が美味しくなる季節。食通憧れの池波正太郎も大根鍋が大好きで、仕掛人藤枝梅安シリーズでも、「火鉢に小鍋が掛けられる。昆布を敷いた湯の中へ、厚めに切った大根が、もう煮えかかっていた。これを小皿にとり、醤油をたらして食べる」（『梅安蟻地獄』より）。フーフー言いながら大根をほうばり、キューと熱燗、もうこたえられません…。

大根は生でも、煮てもと利用範囲が広く、消化酵素のジアスターゼが豊かで殺菌作用もあることから、めったに「食あたり」しないが故に、芝居があたらない〝大根役者〟の由来と言われているが、諸説紛々、「おろして食べる」からとか、大根は外身も中身も真っ白で、下手な芝居は「場が白ける」からとも…。

でも、世界にはいろいろな大根があるもので、二〇年ほど前、まだ町並みも整っていない北京の繁華街王府井（ワンフーチン）の屋台で、手のひらサイズの丸く真っ白な蕪に似た根菜が山積みになっていて、近寄って不思議そうに眺めていると、突然、青龍刀まがいの大きな包丁で真二つに。中身はなんと紫がかった鮮やかな真赤。味はまさに大根で、北京名物「紅芯大根」。中国では唯一、生で食べられる野菜で、普通の白大根に比べ仄かな甘みがある。サクサクした食感も良く、昨今では、東京のこ洒落たレストランの色鮮やかなサラダとして楽しまれている。

七〇年代、向田邦子作、森繁久弥、竹脇無我主演のテレビドラマ『だいこんの花』が大変人気を博していた。元海軍大佐役の森繁は、早くに妻を亡くし一人息子の竹脇を男一人で育て上げた。息子には「亡き妻はだいこんの花のような、素朴だが美しく控えめな人だった。息子よ！　妻を娶るならだいこんの花のような人を」と口うるさく言うのであった。

しかし、「だいこんの花」の植物学的現実は、根が大きくなる前に茎が伸びて花が咲いてしまった状態で、農家の人たちはこれを「薹《とう》が立ってしまった」と呼ぶのである。薹とは茎のことで、「薹が立つ」とは大根として市場価値がなくなってしまった状態。適齢期をすぎた女性に対しての「薹が立つ」とは、もう既に花を咲かせてしまって、売り物にならなくなってしまった無残な姿の表現なのであります。

切り裂いて紅芯大根露天売り

ビヤホールの快男子

「ビールは文化だよ！」これを言い続けてきたのは、ダンディで痛快な快男子、高松卓である。福岡小郡生まれ、慶応大学に進みバスケットの名選手で、今生きていれば95歳ぐらいになるであろうか。学徒出陣のビルマ戦線で修羅場を経験し、戦後無事帰還して暫く故郷に戻り、福岡の社会人バスケットクラブ「メイプル倶楽部」のガードとして活躍、全日本大会の準々決勝まで進んでいる。また、香椎中学（現・福岡県立香椎高等学校）のバスケット部のコーチも引き受けていたらしい。（※）

高松氏は戦争の痛手も癒え、そろそろきちっと働かねばと、当時、朝日麦酒（現・アサヒビール）に勤めていた慶応大学バスケット部の先輩を訪ねた。しかし、残念ながら戦後不況の真っ只中で朝日麦酒本社には入社できず、ビヤホールを運営していた朝日共栄にボーイとして入社した。

国道1号線と2号線が交差する梅田新道には当時、重厚な同和火災ビルが威容を誇っていて、地下は戦前から天井の高い堂々たる本格的なビヤホールとなっていた。戦後はGHQに接収され、駐留軍御用達。高松氏のビール人生はそこからスタートしたのである。GIがホールでトラブルを起こすと、バスケットで鍛えた跳躍で、カウンターを軽やかに飛び越え仲裁に向かったそうだ。

「生ビールは酵母が生きているんだから、清掃は徹底しろ！」、「グラスに油分が残っていたら、いい泡も出来ないし、ビールのうま味が台無しだ！」と、最後の濯《すす》ぎのシンクでは、「おい！　その水飲んでみろ」とスタッフに飲ませたほどである。

このビヤホールには関西の不思議な文化人たち、新聞記者、医者、大学教授、元オリンピック選手、官僚、エリートサラリーマンたちが集まり、飲めや歌え、踊り、そして「アインス、ツヴァイ、ドライ、ズッファ、プロージット！（1、2、3、飲み干せ、乾杯！）」と、夜ごと繰り返されたのである。

高松氏はこの人たちをうまく組織し、今では恒例のビール祭り〝オクトーバーフェスト〟や〝イースターパレード〟を創り上げたのである。

もう一杯ジョッキ片手にプロジェット

油揚げ

戦後団塊世代の小学生にとって、遠足や運動会のお弁当の定番は、貴重品であったゆで卵とお稲荷さん。今でも、お稲荷さんは大好きで、寿司屋でも最後の締めは、干瓢を巻いたお稲荷さんがかかせない。

お稲荷さんは、勿論稲荷神社に由来、五穀豊穣の神として京都伏見稲荷を源流としている。江戸時代に入り、稲荷が商売の神として大衆の人気を集め、この頃から稲荷神社の数が急激に増え、稲荷狐が稲荷神という誤解が一般に広がったのだそうだ。稲荷神には神酒・赤飯の他に狐の好物といわれる油揚げが供えられ、ここから油揚げを使った料理を稲荷と言われる様になった訳だ。

稲荷神社では、二月の最初の午の日に「初午祭」が行われる。これは、伏見稲荷神社の祭神が降りたのが和銅四（七一一）年の二月の初午だったからと言われ、全国各地の稲荷神社で縁日として祭礼が行われる。

今年の初午は二月八日。関東周辺の稲荷神社の縁日では、江戸時代から伝わる言葉遊びの「地口」を、素朴な絵とともに行燈に描いた地口行燈が境内に掲げられる。「舌切り雀」をもじって「着たきり娘」、「しず心無くはなの散るらむ」を「しず心無く髪の散るらむ」、「結構毛だらけ猫灰だらけ、けつの周りは糞だらけ」など、他愛ない素朴な言葉遊びだが、頭にこびりついて離れない…。

稲荷神社の祭礼に欠かせない、狐の好物である油揚げは、大豆から油揚げ用の特別豆腐を作り、二度揚げ三度揚げをしてあの油揚げがやっと出来上がる。富山名物栃尾揚げは油揚げの親戚であるが、通常の油揚げの三倍の「ジャンボ油揚げ」。豆腐そのものを揚げて、中は豆腐のままの生揚げ(厚揚げ)とは、同じ豆腐屋で作っていても作り方も用途も味も異なっている。

ここで、油揚げの自己流、とっておきの食べかたをひとつ。白ネギ、セロリの千切り、貝割れ、そして明太子、生姜おろしを用意。油揚げを半分に切って、焦げ目が程よくつき、パリッとするまで網で注意深く焼く。焼き上がった油揚げに、明太子と生姜おろしをしっかり付け、その上に白ネギ、貝割れ、セロリを乗せ、クレープのように手で掴み、ポン酢醤油につけて、パリパリと熱々をほうばるのである。ゴクン、ゴクン…、やはり油揚げにはビールです。

初午や白い狐に油揚げ

筍《たけのこ》

「地震があったら竹藪に逃げろ」とは、子供のころ近所の古老に言われた気がするが、ふんわりした竹藪には、網目のように広がった茎が地割れを防ぐ効果があるのだろうか、或いは火災を竹藪が防いでくれるのか、今こそ昔の言い伝えは大切にすべき…。今日もまだ、頻繁に、東日本大震災の余震が続いている。

日に日に輝きの増した晩春の日差しが、温もりのある竹藪に差し込むと、土の中から、もこもこと伸びてくる筍。春から初夏にかけてが旬《しゅん》であるが『筍』は夏の季語。地表に顔を出す頃は数センチ程度だったものが、十日目頃には数十センチもどんどん伸びることから、『筍』は十日間を意味する『旬《じゅん》』に『竹』をつけているそうだ。成程、漢字とはよくできているものです。

食用としての代表格は孟宗竹で、三月初旬に九州で出始め、関西、関東と六月初旬に東北南部に達する。皮に茶色のビロードのようなうぶ毛が生えていて、太く肉厚、柔らかく、えぐみも少なく、香りもいい。朝採りを刺身で食べれば、コリコリとした歯ごたえと独特な苦みがたまらない。カツオ節と煮詰める土佐煮やわかめと一緒の若竹煮、そして天ぷらも捨てがたいが、やはり、ほくほくのタケノコご飯は言うまでもない。

中華でもなくてはならない食材で、青椒肉絲、八宝菜などの炒め物には欠かせない。我らが国民食であるラーメンに欠かせないシナチクは、筍を蒸し、塩漬けにして乳酸発酵させ、天日干しするものなのだそうだ。

筍の季節になると、条件反射のように口の中に酸っぱさを感じ、青酸っぱい思い出が鮮やかに甦ってくる。筍の皮に梅干を入れて「チュウチュウ」吸った青臭い、懐かしい思い出である。

戦後の混乱で食糧事情もままならず、勿論おやつなどもっての外の頃、母親が筍料理で残った固い茶色の皮を、『亀の子たわし』できれいにこすり、うぶ毛だっているところをつるつるにして、その内側に梅干を入れ、三角形に包み折る。それを咥えて、皮を裂けないように丁寧に吸い続けると、皮がピンク色に染まってきて……美味しい楽しいおやつであったのだ。農薬、添加剤、着色料無しの天然１００％、究極の自然のエキスが無駄なく体内へ。これぞ歴史の奇跡、我が戦後日本再生の原動力ではなかったか…。

梅干しや筍《たけのこ》の皮舐《な》めりおり

梅雨の晴れ間の草むしり

早いもので、今年もあーっと言う間に半年がすぎ、いよいよ梅雨の季節。今年の梅雨入りは昨年より十日ほど早いそうで、これから七月中頃まで鬱陶しい日々が続く。梅雨の由来は、この頃に梅の実が熟するからとか、毎日のように雨が降り、木々に潤いを与えるからとか、諸説紛々。

それほど強くない雨足が丁度よい湿り気になるのか、ささやかな庭の芝生を覆い尽くすように、雑草が勢いよく伸びている。梅雨の晴れ間の強い日差しの中で、上半身裸、ゴム手袋を両手にはめ、腰痛予防の準備体操怠りなく、いざ、草むしり開始。スギナ、スズメノカタビラ、ゼニゴケなど芝生と見間違う草が、芝生を覆い隠すようにびっしりと、それも主役のように堂々と、それなりに規則正しく生えていて、どっちが雑草なのか判らない。芝生だって元来は野草であったわけで、健気に限りなく小さな黄色い花を咲かせている四葉クローバーもどきも、決して雑草とは言いたくない。

芝生の周りを囲んで、今が満開のバラやオリーブの木と共に、紫陽花が鮮やかに存在感を増している。大きな深緑の葉っぱに梅雨の雨をしっとりと湛え、青紫の紫陽花が夜の光に輝く様は、将に妖しさというにふさわしい。成程、紫陽花の花言葉は「移り気」。咲き始めの頃は白っぽく、次第に色が変ってくることから〝七変化〟とも呼ばれるそうだ。

紫陽花は、江戸時代に来日したドイツ人の医師であり植物学者シーボルトがヨーロッパに紹介した日本原産で、土壌の酸性度とアルカリ度によって色が違い「酸性土壌では青、アルカリ性土壌では赤」となるそうだ。しかし、毎年のこととは言え、こんなに妖しく鮮やかな紫陽花も、その盛りを過ぎて葉茎額が茶色く朽ちた姿のみじめなこと…。

猫の額のような庭の草むしりでも、午前早くから始めて、お昼を鋏んで丸一日。指・腕・足腰を使って丁寧に草をむしっていくわけで、手の握力は限界近く、腰も背中もパンパン状態で、やっと昼下がりに草むしりは終了。箒で丁寧に掃いた後は、やっと最後の仕上げの除草剤散布で大団円である。

手足ぐったり、汗びっしょり、喉はカラカラ、直ぐにビールと行きたいところをもう一つじっと我慢して浴室へ。火照った体に、すっきりシャワー。

さあ、冷え冷えのビールで、きれいになった庭と紫陽花を見ながら、カンパーイ！ ゴクン、ゴクン…、ハーァ！ 至福一献 是醍醐味。

雨の間に一気呵成の草むしり

秋の七草・なでしこジャパン

7・17フランクフルト。日本時間18日早朝。眠い目をこすりながら、敗色濃厚延長戦後半のテレビ画面を見ていると、何とキャプテン沢の奇跡的なゴール。PK戦では、勢いに乗ったなでしこ達のミラクル連発の大勝利。『なでしこジャパン』の快挙は、3・11で閉塞した日本に、明るい話題を提供してくれた。政府も誰も、大して支援してくれなかったサッカー好きの小柄ななでしこ達が、走りに走って、大柄なアメリカを破り世界を制したことが、こんなに爽やかな感動を与えてくれるものなのか…。

戦後間もなく、ボウフラの湧いたプールでサツマイモを食べて飢えを凌いで猛練習した、〝フジヤマのトビウオ〟古橋や橋爪が、神宮プールで泳ぐたびに世界新記録を達成し、戦争で打ちひしがれた国民に大きな希望を与えてくれたこととよく似ている。

今回非常に残念だったのが、迷走する菅内閣までが『国民栄誉賞』などを持ち出したこと。菅内閣の延命策に利用していることが見え見えだったので、せっかくの痛快な快挙が汚された感じがしたのだ。なでしこジャパンが人々に心から感動を与えるものは、お金や名誉を与えることではないことを証明してくれたのだから…。

大和撫子《やまとなでしこ》は、ナデシコ科ナデシコ属の別名カワラナデシコで、夏から秋に花が咲くことから常夏《とこなつ》とも言われていて、秋の七草にも入っている。

「萩の花 尾花 葛花 瞿麦《なでしこ》の花 姫部志《をみなへし》
また藤袴《ふじばかま》 朝貌《あさがお》の花」

（万葉集・巻八・一五三八）

ナデシコには世界中にいろいろな品種があり、カーネーションもナデシコ属で、別名オランダナデシコ。なでしこジャパンのライバル、アメリカにも、濃い赤色の小さな花が、丸い房になって咲くビジョナデシコという野生化された品種があり、牧野富太郎博士は「アメリカナデシコ」と牧野植物図鑑では命名している。

大和撫子の花言葉は、「可憐」、「貞節」はイメージ通りだが、「大胆」、「快活」も。成程、今回のなでしこジャパンは勝つべくして勝って、日本中に勇気と希望と元気をもたらしてくれたのである。

それでは今夜は、日本酒ベースでグレナデンシロップ、レモンジュースを入れた鮮やかな赤い「ナデシコ・カクテル」で乾杯と行きますか…。

撫子《なでしこ》や夢心地なり世界一

レバ刺し禁止考

「いらっしゃい。今日いいレバが入ってるわよ…」「あっそう。それじゃあ、いつものタレで。生姜醤油にニンニク少々、ゴマダレ、ネギ多めで…」六本木交差点暗闇坂の40年も続いている赤提灯ヤキトン屋である。

しかし、ご存じのとおり、お上の「牛レバ刺し禁止」のお達しで、呑兵衛のささやかな楽しみもかなわぬものとなってしまった。きっかけは昨年の焼き肉チェーン店での「ユッケ」のO—157（腸管出血性大腸菌）による集団中毒が発端であるが、その後の検査によって牛レバにもO—157が検出され、この度の禁止となったのである。

我が日本民族には、刺身、寿司、牡蠣など貝類も生で食べる伝統的素晴らしい食文化がある。これは日本人が持つ鋭敏な食の選別能力によるもので、全てが自己責任で行ってきたわけである。しかし、我が日本人は生なら何でもよいわけではなく、豚肉には寄生虫、鶏肉には「カンピロバスター」がいて、危険であることも経験則で理解しているのである。諸外国でも、韓国のユッケは勿論、イタリアの「カルパッチョ」、フランスの「タルタルステーキ」、ドイツでは何と豚肉のひき肉の生の「メット」もあり、堂々と食されているのである。

パリのレストランでは、冬場になると氷を一杯に詰めた屋台の上に、牡蠣やムール貝、ハマグリなどの貝類が生で並べられ、薄暗い照明の中でエカイユ（ECAILLE ＝牡蠣剥職人）がレストランの注文で、せっせと殻を剥いで豪華に盛り付けている。ここでも勿論、基本は自己責任であって、レモンをしっかりたらしたり、白ワインやシャンペンでしっかり防御しているのである。

たまに当たるから〝てっぽう〟と言われる美味しいフグ料理も、死者が出たからと言って、その店は営業停止にはなるが、フグの全面禁止にはなっていない。事ほど左様に、どの国においても須らく自己責任。
拝啓　小宮山厚生労働大臣様！　牛レバ刺し禁止は政府の過剰反応ではありませんか。庶民のささやかな楽しみを奪わないで…。

レバ刺しも今日で終わりか梅雨の夜

東京シューシャインボーイズ

暁テル子が歌う『東京シューシャインボーイ』が一世を風靡したのは、朝鮮動乱で戦後の復興が加速されていた昭和20年代の後半である。

特需に沸く東京の繁華街には、靴磨きが出て、羽振りの良さそうなお客や駐留軍の兵士に盛んに声をかけていた。

しかし、高度成長と共にその数は減ってきて、昨今では銀座でもあまり見かけなくなってしまったが、15年ほど前から有楽町駅前のガード下で細々と開いていた靴磨きの店があった。〔千葉スペシャル〕と言って、特別調合の靴墨で何度も丁寧に磨かれると、「アンビリーバブル！」、見違えるほどの光沢が出るのである。

その技術の高さから常連客も多く、その数は5000〜6000人。しかし、有楽町近隣の再開発により閉店へと追い込まれ、しばらくは「郵送」で靴磨きに対応していたそうだが、有力なファンである企業経営者が、有楽町の東京交通会館と話をまとめ、晴れて靴磨き業を復活させたのである。

ビジネス現役バリバリの頃から、ここは勝負と言うときには、ダークスーツの勝負服とともに、ガード下の〔千葉スペシャル〕に来て、靴をピカピカにして「ヨッシャ！」と出かけたものだ。

外は粉雪がちらほら、ネオンが灯り始める夕刻、今宵は帝国ホテルでパーティ。東京交通会館玄関ホール横に、ウッディな特製椅子席が3席、特製用具箱がそれぞれ横に置かれている。お揃いのお洒落な蝶ネクタイにハンチング帽（鳥打ち帽子）。師匠である千葉さんとその弟子たちが、ひたむきに靴磨きに没頭している。

「…どうして靴磨きに？　脱サラ？」「ええ…。靴磨きに興味があって、インターネットで探したら、〔千葉スペシャル〕に出会い、即座に弟子入りをお願いしました」「矢張り〔千葉スペシャル〕は凄いね…。さあ、これからパーティだ。シャンパーニュにキャビア…今夜はいいことあるかな…」

ネオンの灯粉雪《ひこゆき》はじけて靴光る

お正月考

慌ただしい師走の総選挙も終わり、今年も静かに平成25年を迎えた。戦後の混乱も一段落した昭和20年代後半は、まだ戦前の良き仕来りを残していて、元日の朝には近くにあった小学校へ新年のあいさつに登校し、『一月一日《いちがついちじつ》』の歌を歌った記憶が、今でもおぼろげに蘇ってくる。

年の始めの例《ためし》とて
終りなき世のめでたさを
松竹立てて門ごとに
祝う今日こそ楽しけれ

「みなさーん。明けましておめでとうございます…」。校長先生の大きな声のあいさつで新たな年を迎えるのである。戦後も10年も経たとはいえ、横浜ではまだバラックも各所にあり、川は汚水で汚れ、水上生活者も朝鮮人集落もあり、公立小学校では玉石混交、人類皆兄弟！ みんな仲良く溶け込んで遊んでいた。この時代の先生たちは、教師を天職として分け隔てなく我々子供たちに接してくれたような気がしてならない。

まだテレビも普及しておらず、ラジオで『紅孔雀』や『笛吹童子』が放送され、この頃の日本の正月風景は、今回の総選挙で圧勝した自民党安倍晋三首相のキャッチフレーズ『美しき日本』ではないが、家々には門松が立ち、獅子舞、羽子板、凧揚げ、駒回し、剣玉と本当に長閑で美しい日本の原風景が目に浮かんでくる。

お正月の食べ物も子供心に魅力的で、黒豆、カズノコ、蒲鉾、栗きんとん、伊達巻、そして煮物が三段重ねの重箱に色鮮やかに盛られている。煮物といえば昆布巻、椎茸、豆腐、こんにゃく、くわい、レンコン、ニンジンなどを大晦日の早朝から醤油だれで煮込んでいる間に母の目を盗んでつまみ食いをしていたことを昨日のように思い出す。元日の朝は貧しいながらも新しい下着と服が用意され、父親が朝風呂に入り、神棚にお神酒をあげ、そして家族揃ってお屠蘇を飲んで始まるのだ。「今日は元日。どの家でも静かに過ごしてるんだから、遊びに行ってはいけません…」という仕来りで、家の炬燵でミカンやお餅を食べながら、うたた寝をしていたことも思い出すのである。

元朝に餅焼く父の背中かな

休肝日はビール…

「俺の休肝日はビールだけど…」と豪語して、一年三六五日、只管《ひたすら》飲み続けているのだが、昨今肉体的に自信を持っていたわが身に、異常が発生したのである。

先ず第一が、今夏、小樽港から電車で、今話題の〝ニッカ〟の故郷・余市に行く際、交差点が赤にならんとし、小走りに突然走った瞬間くるぶしに激震が走ったのである。「ア、イテテ…」と足を引きずりながら東京に帰って、行きつけの整骨クリニックで見てもらえば、残酷且つ冷淡にも写真を見せられ、「骨折です！」。さらに、「マラソン選手やサッカー選手であればこのような疲労骨折はありますが、貴方のような軟弱な方の骨折は尋常ではありません。悪性腫瘍の可能性がありますので、ＭＲＩ検査をしてください！」と即座に検査。恐る恐る検査すれば、別に悪性腫瘍は無く単なる骨折で、リハビリで現在はやっと正常に復帰。

第二は、ある日、水代わりのビールを飲もうとしても飲めないだけではなく、夜中、吐き気を催し、胃にあるすべて、胃液までを吐き出し、朝までムカムカした吐き気状態。隣のベッドで口を半開きにして鼾《いびき》をかいて爆睡している家人に分からないように、音をたてないように、トイレとベッドへの往復である。もし家人にその状況を知れたら、「それ見たことか！」と何百倍になって罵倒のパンチが浴びせられるのは明らか…。

年に二回の健康診断が三日後で、こんな状態での健康診断では、即入院か間違いなくドクターストップであろうと、その日から三日間一切のアルコールを断って検査に臨んだのである。血液四本、尿検査、エコー検査など。一週間後、主治医に結果を恐る恐る聞きに行くと、いつもより厳しい面持ちで、カルテをおもむろに見ながら、「ア…別に何も問題ないですね。ただ尿酸値がほんの少し高いだけで、後は全く問題ありませんよ…」。

いずれにしても、無理がたたって、ガタがきていることは現実。しかし、朝は二日酔いで、今日こそ禁酒だと決意しても、夕刻になると、つい…。

二日酔い夕に木枯らし縄のれん

炎天下大暑の銀座通り

今年65本目のロードショー『フレンチアルプスで起きたこと』を見た後、冷え冷えのビールを目指して、一目散に〔ビヤホールライオン〕へと日比谷から電通通りを横切って銀座7丁目へ。真っ青な空は雲ひとつなく、真夏の太陽がギラギラと銀座の石畳を照りつけている。

熱気むんむん、真昼間とは言え、銀座松屋、銀座三越、和光そしてユニクロと、1丁目から8丁目までの真っ直ぐに伸びるお洒落な大人の街は、人、人、人…。至る所に大型バスが路上に停車し、いろいろな顔かたちの異国人たちがぞろぞろと出てくる。思い思いのカラフルなサマールックにビーチサンダル履きで、5人から6人単位でゆっくりとペチャペチャ喋りながら闊歩している。アメリカ、中国、台湾、韓国、インドネシア、ヨーロッパ、オーストトラリアなどなど…。

梅雨明けの大暑。平日午後3時ごろでは、地元サラリーマンや買い物客は見当たらず、外国人観光客が8割から9割を占めているだろうか。まるでシンガポールのオーチャードロードにいるのかと錯覚してしまう。将に「ジャランジャラン」(インドネシア語でぶらぶら散歩)状態である。

ジャランジャランジャランの合間をぬって、高野山の托鉢僧が、黒装束の袈裟をしっかりと着込み、編笠を被り、小さい鐘を鳴らして念仏を唱え、焼けた石畳を白足袋姿、ゆっくり且つ規則正しいリズムで、限りなく悠然と歩いている。

〔ビヤホールライオン〕に入ると3時とは言え、もう既に満席、ここも外国人で一杯。入口近くにやっと席を取るが、至る所でグループ客たちがソーセージの盛り合わせやから揚げ、ピザを前にジョッキを〝カチン、ガチャーン…〟と合わせて、「カンぺーイ」、「チアーズ」、「ズファー」、「サンテ」、「チンチン」…。空いている椅子や床には、ユニクロ、三越、マツキヨの大きな袋が置いてある。

つい1~2年前までは、夏場の平日の3時頃では、未だ閑散としていて、麻の糊の付いた背広にステッキを持った老紳士とか、仕事の途中で、背広を手に持ったサラリーマンたちが、ジョッキを美味しそうに傾けていたものであるが…。

袈裟《けさ》を着てそろり托鉢《たくはつ》大暑かな

角栄と『オールドパー』

貧より身を立て、小学校卒が〝不《ふ》撓《とう》不《ふ》屈《くつ》〟54歳の若さで日本の最高指導者へと昇り詰めた田中角栄が、今ブームとなっている。本屋には田中角栄コーナーも設けられ、石原慎太郎著『天才』、早坂茂三著『頂点をきわめた男の物語』、大下英治著『田中角栄の酒』など10種類以上の角栄本が並んでいる。

今から40年ほど前、現在のシネコンファッションビル有楽町マリオンビルが朝日新聞東京本社であった頃、その当時自民党幹事長であった田中角栄と差しに近い状況で出会ったことがある。その当時8階にあった朝日放送東京支社に行くため、エレベーターに乗るべく1階ホールで待っていると、エレベーターが開き、反射的に乗ろうとすると、そこには、新聞やテレビで見慣れた田中角栄が、仕立ての良い紺色の背広を着て、パーティーで『オールドパー』でも飲んでいたのか、やや紅潮した顔で秘書一人を従えて立っていたのである。

体は決して大きくないが、周りに漂う圧倒的な空気感と何処かで会ったような親しみ易さが交錯し、自然とにこやかに挨拶を交わしたのである。田中幹事長は7階で降りたが、体から後光のようなものが発せられているようで、これがまさにオーラというものなのであろうか、この出会いは、今でもまざまざと蘇ってくる。

田中角栄といえば『オールドパー』であるが、何故あれほど愛飲したのか。それは、池田勇人政権蔵相の時、政界の大御所だった吉田茂元首相に接触したいと思い、吉田の側近 佐藤栄作に仲介を頼むと、吉田は「ああ、あの山猿か」と応諾し、さっそく大磯の吉田邸に出掛け、贈り物には良寛の書を持参すると大変喜んで、「まあ、飲め」と吉田がすすめたのが『オールドパー』。それ以来いつも『オールドパー』を欠かさなくなったとのことである。

『オールドパー』は、明治維新、岩倉具視が特命全権大使として欧米を視察した際に持ち帰って以来、粋人たちに愛されている。今宵は、152歳まで生きた実在最長寿者 トーマス・パーにあやかって、夕涼みでもしながら『オールドパー』のオンザロックと行きましょう。

遠花火ロックグラスに響く音

お盆を振り返って…

連日リオ・オリンピック中継に一喜一憂した熱い夏であった。8月ぐらい日本の歴史と伝統と故郷をドラマティックに思い出させてくれる季節はない。広島・長崎原爆犠牲者慰霊平和祈念式典、終戦記念日、甲子園高校野球の熱戦、それに今年は、山の記念日が加わり、半月の間にいろいろな感慨が心に甦ってくる。さらにとどめは、13日から始まる「お盆」である。

お盆はもともと、米・麦など畑作の収穫を感謝し、秋の結実を祈る農耕儀礼など古くからのしきたりが仏教と結びついたもので、地獄で逆さ吊りにされる苦しみを表すサンスクリット語「ウラバンナ」からきた「盂蘭盆《うらぼん》」が名称の由来だそうだ。お盆の時期は、8月13日から16日にかけての「月遅れ盆」で、故郷へ帰省し先祖の成仏を祈る風習が現在も続いている。

故人の霊魂がこの世とあの世を行き来するための乗り物として、「精霊馬《しょうりょううま》」と呼ばれるキュウリやナスで作る動物を用意し、戸口に火を灯して先祖の霊を迎える。キュウリは足の速い馬に見立て、あの世から早く家に戻ってくるようにという願いが込められている。そしてナスは歩みの遅い牛に見立て、この世からあの世に帰るのが少しでも遅く、そして供物をたくさん牛に乗せてあの世へ持ち帰ってもらいたいとの願いが込められている。またお盆といえば、寺社の境内に老若男女が集まって盆踊りが行われるが、これは地獄での受苦を免れた亡者たちが、喜んで踊る状態を模したそうだ。

お盆の最後日には送り火を灯して先祖の霊を見送るのであるが、火を焚いて精霊を鎮める万灯《まんどう》の行事が原型である京都の夏の風物詩、「五山の送り火」が毎年8月16日、午後8時から行われている。「大文字」「妙法」「船形」「左大文字」「鳥居形」と呼ばれる5つの炎が、市街を取り囲む三方の山肌に浮かび上がる。都人はさすが粋人で、この送り火を、盃に盛った酒に映して飲み、無病息災を祈るのだそう。

祇園の料亭で舞妓のお酌でならかなうことであろうが、居酒屋立ち飲み常連風情では…。
せいぜい、風呂上がりに供え物のカップ酒で先祖を弔いますか。

送り火の牛馬眺めてカップ酒

ポートワイン考

日本のワインの先駆けは、サントリーの鳥井信治郎が１９０７（明治40）年に売り出した『赤玉ポートワイン』で、これが美人ヌードポスターの評判とともに爆発的に売れ、サントリー発展の礎となったのである。１９７３（昭和48）年に現在の名称である『赤玉スイートワイン』に変更されたが、その基本はポルトガルの誇るポートワインに由来している。

ポートワインとは、ポルトガルの北部ドウロ地方で造られるワインで、シェリー酒、マデイラ酒と同じ酒精強化ワイン（Fortified Wine）。通常のワイン（Still Wine）を造る過程で、糖分がアルコールに転化する途中にブランデー（77％）を添加し、糖分が残ったまま発酵を止め、アルコール分のやや高め（20％前後）の絶妙な甘口ワインとなる。

ドウロ地区で酒精強化されたワインの原液は冬を越し翌年の春ごろ、ドウロ川を下ったポルト市のヴィラ・ノヴァ・デ・ガイアに運ばれシッパーの持つ倉庫で熟成させるのであるが、ガイアで熟成させないものはポートワインとは一切言わせない。それぞれのシッパーの倉庫で、ルビー、ホワイト、トゥニー、コルヘイタなどの種類に分けられ熟成される。長いもので50年から60年もの熟成期間を経て、徐々に香りを豊潤にしていき、味わいも深くなっていく。

ポートワインは「ポルトガルの至宝」で、その価値あるブランドへのこだわりは半端ではない。特に権威あるポート&ドウロワイン協会（IVDP）で認定された「ヴィンテージ」という最高級呼称は、ドウロ地区でのブドウの生育の良い年しか許されない。1960年、1963年はヨーロッパ全域が不作であったが、ドウロ地区は20世紀最高の出来で、ヴィンテージ呼称が許された年なのである。

今、書斎のデスクの上には1960年と1963年のヴィンテージポートが封を切らずに白カビが付いた状態で鎮座している。ちなみに、１９６０年は皇太子徳仁親王、１９６３年は雅子妃殿下の生まれた年である。クリスティーズやサザビーズのオークションではかなりの高値とか。さて、いつ開けますか…。

屠蘇に替えルビーポートで頬染めて

桜と復活祭とイースターエッグ

イエス・キリストがゴルゴダの丘で十字架に磔《はりつけ》にされ、葬られ、3日目に甦ったことを記念するのが復活祭（イースター）。「春分の日の後の最初の満月から数えて最初の日曜日」と定められていて、今年は4月16日。昨年は3月27日であったから、20日も遅い。通年では、関東地方の桜の開花が宣言される頃で、まだまだ寒さの厳しい頃である。

今年の桜は3月末頃の開花宣言以来、大雨も強風もなく、蕾《つぼみ》から三分咲き、七分咲きと毎日着実に満開に向けて咲き続け、そして赤い蕊《しべ》が降り、若葉の青さが透けて見える葉桜に至るまで、大いに桜のフルコースを楽しませてくれた。

一方、日本海を隔てた16日（日曜）の北朝鮮・平壌《ピョンヤン》では、「金日成《キムイルソン》花」花展で特別なラン種を愛でる人々や、晴れ渡った青空の下、遊園地の流れるプールで楽しそうにはしゃいでいる子供たちの様子がテレビに映し出されていた。

そんないつもの平穏な日々の中、北朝鮮の核・ミサイル開発を巡る緊張が高まり、アメリカ海軍の巨大な原子力空母「カール・ビンソン」が率いる空母打撃群が朝鮮半島に配備されつつある。かたや北朝鮮では、建国指導者金日成主席の誕生日を祝う太陽節4月15日の大軍事パレードが行われ、翌早朝、復活祭当日にミサイルを発射、失敗との報道がなされた。訪韓中のアメリカのマイク・ペンス副大統領は「北朝鮮はトランプ大統領の力と決意を試すべきではない」と警告するに至り、まさにチキンレースも大団円に至った様相である。

チキンレースとは、ジェームズ・ディーン主演の映画『理由なき反抗』の度胸試しのカーレースが有名で、壁や崖に全速力でどちらがブレーキを踏まずにいられるかを競うゲームのことで、先にブレーキを踏んだ方を「チキン

（＝臆病者）」と呼ぶのである。

復活祭と言えばカラフルに彩られたイースターエッグ。ヒヨコが卵の殻を破って蘇る姿はキリストの復活を象徴している。アメリカも北朝鮮もチキンレースは止めて、平和で美味しいイースターエッグでも生んでほしいものだ。

花蕊《はなしべ》やチキンレースは北の海

ひと昔前の熱い夏

「熱い！　兎に角熱い……！」ワイシャツの糊も汗でぐっしゃり、見え張って着ているスーツにも汗が染みてくる。真夏のギラギラした太陽が銀座通りを照り付け、その反射熱で、体感は40度以上。連日30度以上、35度をも超える猛暑日が続き、地球温暖化の影響か年々暑さが厳しくなっているようだ。

ひと昔前、最高気温が35度以上になる日は滅多に無く、35度以上の日を表す公式用語は無かった。マスコミが勝手に「酷暑日」と表現し、一般にも浸透したのだ。しかし近年35度以上になる日が増えたことから、気象庁は２００７年４月に正式に気象用語を改正し、「猛暑日」としたのである。因みに、「夏日」は日最高気温25度以上、「真夏日」は30度以上。確かに近年、猛暑日が明らかに多くなっているが、ひと昔前（4、50年前）の夏は間違いなくこんな酷暑続きではなかった。

打ち水、かき氷、風鈴、おしぼり、縁台、夕涼み、団扇、扇風機、蚊取り線香、蚊帳、遠花火…こんな言葉を思い出すだけで暑気払いになってくる。

家庭でのエアコンなどはもってのほかで、流石にオフィスは冷房がされてはいたが、電車もバスも各線の「冷房化率」がメディアに公表され、5割を超えればいいほうで、たまに冷房車が来ると、「やった！」と一人秘かに喜んだものだ。

今ではしっかり定着した「クールビズ」も無く、大多数のサラリーマン達はネクタイをきっちり締め夏服の背広をしっかりと着て出社していた。お洒落な老紳士に至っては、糊の効いた麻地の上下を着こみ、蝶ネクタイを締めそしてパナマ帽を被り白いメッシュの靴を履いて、ステッキ片手に銀座通りを闊歩。夕刻にもなると、銀座7丁目ゴシック建築の天井高い大伽藍風のライオンビヤホールで、美味しそうにジョッキを傾けていたものだ。

それにしても、猛暑日が早や2週間も続き、うんざりぐったり。炎天下での夏の甲子園高校野球も熱戦が繰り広げられているが、２０２０年7月24日から8月9日までの酷暑、猛暑の中での東京オリンピックは果たして大丈夫であろうか…。

乾杯のジョッキが響く大伽藍

秋の夜長とサウダーデと

暑い夏が過ぎ、日の出から日の入りまでの時間が一年を通じて一番短く、夜の時間が長くなる秋の夜長となってきた。

暦の上では「立秋」が秋の始まりとされているが、8月の旧盆を過ぎたまだ暑い盛りでは秋とは感じられない。

「朝晩に涼しさを感じるころ」「夜に虫の音が大きく響くころ」「旬の食べ物が出始めるころ」「熱燗が欲しくなるころ」、このような頃からが秋の始まりといってよいのだろう。「秋の夜長」は12月の冬至まで続き、それを過ぎると夜が段々と短くなってくる。

俳句の秋の季語に「秋思《しゅうし》」があるが、秋の寂しさに誘われる物思いが秋思で、哀愁にも通じた人間の持つ孤独や無常を感じる。早いもので今年もあと

2ヵ月余り。連日の鬱陶しい雨の毎日で、益々儚さを感じてしまう。寝静まった、やや肌寒い秋の夜更け、ウイスキーを飲みながらボーっとするのも一興である。特に、夏にやれビールだ水割りだと疲れた内臓を労わるべく、ウイスキーのお湯割りが捨てがたい。そこにクローブ（丁子）を入れると、ウイスキーの香りと仄かな甘さが心地よい。耳元では、ブルーノートジャズのウエスタン風クロマティックハーモニカの調べが、しじまに染み込んでくる。

哀愁の音色と言えば、ポルトガルの民族歌謡ファド。イタリア・カンツォーネ、フランス・シャンソン、アルゼンチン・タンゴ、ブラジル・サンバに並ぶ民族歌謡である。大航海時代に果てしないロマンを求め海を渡っていく男を待ち思い続ける女の気持ちを切々と歌い続ける。ファドとは運命、または宿命を意味し、サウダーデ（哀愁）を帯びたその調べは歌謡曲とも共通項を感じる。

国民的歌手のアマリア・ロドリゲスの「暗い艀《はしけ》（barco negro）」

をこんな夜更けに聞いていると、重く深い太鼓の響きと低音の迫力ある歌声が心の奥底に響き渡ってくる。

秋夜長しじまに響くファド太鼓

ラスト・ドロップ

自由が丘から都立大に向かう東横線沿線には樹々や花々に囲まれた瀟洒な住宅が続いている。その一角の高台に大きな柿の木と緑に囲まれた、一見、アトリエ風の昭和モダンな建物が見えてくる。風情あるコンクリート打ちっぱなしの階段を昇って行くと、艶の良い黒野良猫が入口にゆったりと寝そべっている。

アンティークな曇りガラスの木製ドアを開けると、室内は柱や梁が打ちっぱなしで木の香りが漂ってくる。奥の小上がりにはヴィンテージのアップライトピアノ、壁には精巧に作られた細い真鍮パイプが剥き出しに設置され、重厚な光を放っている。細いパイプに熱湯を循環させ心地よい室温と空気を保つという究極の環境に優しい温暖システムである。

中央にはメインテーブルの7メートル以上もある楡《にれ》の一枚板が奥までドーンと広がっていて、ビールサーバー、コーヒーサーバー、そして上からは磨かれたワイングラスが優しいライトに照らされ吊り下げられている。

その光の中で、柔らかな長く青い黒髪と透き通る白肌をいつもシックな黒でまとめ上げて、すくっーと立っているのが京都生まれの亜紀ちゃんである。

5年前にオープンした店の名前は〔ラスト・ドロップ(LAST DROP)〕。亜紀ちゃんはスコットランド・エディンバラ大学に留学していて、その頃よく通ったセント・ジャイルス大聖堂広場近くの処刑場にあったパブの名前が〔ラスト・ドロップ〕。

たった一人、西の最果てで暮らす娘を案じ度々訪れ、娘以上にロマンを掻き立てられたのがママのスーちゃん。それは伝統的な菓子デーツ(ナツメヤシ)ベースのスティッキー・トフィー・プディング。娘を差し置いてオーナーに懇請し、門外不出のレシピ免許皆伝を取得。それと共に〔LAST DROP〕の命名も許されたのである。

クラシックからジャズまで、ゆったりとした温かい空間でのライブショーも令和元年をもって一時休止。時間を持て余す昭和の自称イケメン親爺達のこれからの梁山泊は…。

最後のライブショーは、何と、スーちゃんの、どういう関係か知りませんが、我らの日野皓正の、真冬の凍てつく星空での熱烈ライブでありました。

凍星《いてぼし》やトランペットにひとしずく

おわりに

この度の出版にあたり、「たる出版」高山恵太郎会長、編集の中西淑恵さんには一方ならぬお世話をいただきました。また、デザイン、装填に関し、銀座3丁目「Walk in Bar MOD」のデザイナー兼バーテンダーの大庭正志氏に大変お世話になりました。

「MOD」は重厚で磨き抜かれた大きなガラスの扉が特徴的な小洒落たスタンディングバーで、パリやニューヨークの街並みにありそうな雰囲気。8人も入れれば皆が譲り合ってハーモニカ状態だが、午後3時開店で銀ブラの外人客もカップルで入ってくる。勿論外での立ち飲みもできる。

映画は年間120本ほどを銀座、日比谷界隈で観ているが、映画鑑賞後は必ず「MOD」に立ち寄り常連の皆々様と杯を重ねています。この場を借りて、常連の皆様並びに「ＭＯＤ」代表秋山真一郎氏、バーテンダー小田切大輔氏に、この度の出版に対しご支援ご声援頂いたことに御礼申し上げます。

柄長　葉之輔

マティーニの向こうに

二〇二〇年六月一七日　初版発行

編　集――柄長葉之輔
発行人――高山惠太郎
発行所――たる出版株式会社
〒五四一―〇〇五八
大阪市中央区南久宝寺町四―五―十一―三〇一
〇六―六二四四―一三三六（代表）
〒一〇四―〇〇六一
東京都中央区銀座二―十四―五　三光ビル
〇三―三五四五―一一三五（代表）
E-mail contact@taru-pb.jp

印刷・製本――株式会社小田
デザイン・装丁――大庭正志
定　価――一、八〇〇円＋税

ISBN978-4-905277-17-0 C0095 ¥1800E